# इकोनॉमिक्स वाला लव

# इकोनॉमिक्स वाला लव

सम्पादक

**उर्मिला गुप्ता**

अनबाउंड स्क्रिप्ट

प्रथम संस्करण : 2021
द्वितीय संस्करण : 2023

**अनबाउंड स्क्रिप्ट**
ISBN : 978-81-950557-3-9



मूल्य : 199/-

**प्रकाशक : अनबाउंड स्क्रिप्ट**
बी-10, सेवेन वंडर्स बिजनेस सेंटर,
प्लॉट नं. जी-20 बेसमेंट, प्रीत विहार,
नई दिल्ली-110092
**वेबसाइट :** www.unboundscript.com
**ई-मेल** : books@unboundscript.com

Printed in India

ECONOMICS WALA LOVE
*Stories edited by* Urmila Gupta

प्रत्येक धड़कते दिल को
समर्पित

# भूमिका

प्यार, इश्क़, मोहब्बत एक ऐसा विषय है जिस पर हर युग में बहुत लिखा गया, लेकिन फिर भी ये कभी पुराना नहीं पड़ा। हर युग, हर पीढ़ी ने अपनी नज़र से इसे समझने और समझाने की कोशिश की है, लेकिन सच कहें तो कोई भी इसे पूरी तरह व्यक्त नहीं कर पाया। प्यार शब्द सुनने और लिखने में जितना सरल जान पड़ता है, अर्थ के मायने में उतना ही विशाल और विविधता भरा है। देखा जाए तो प्रकृति की हर शह में प्यार है, हमारे रोज़ की गतिविधियों में प्यार है, हमारे साँस लेने और छोड़ने में भी प्यार है, जीवन का प्यार... और ये प्यार सिर्फ़ मनुष्यों तक ही नहीं इस ब्रह्माण्ड के हर जीव को मिला वरदान है।

तो प्रकृति की इस ख़ूबसूरत नेमत के साथ हम 'अनबाउंड स्क्रिप्ट' की पहली किताब आप पाठकों और विद्वजनों के समक्ष रखने जा रहे हैं। *इकोनॉमिक्स वाला लव* के माध्यम से किशोरों के नज़रिये से प्यार को देखने और समझने की कोशिश की गई है। इनमें से अधिकांश नवोदित लेखक अभी कैम्पस में ही हैं और

अपने परिवेश और किताबों के माध्यम से प्रेम को समझने की कोशिश कर रहे हैं। इनकी लेखनी में अभी बाज़ार या राजनीति शामिल नहीं हुई है। ये स्वच्छंद भावना है।

युवा पीढ़ी की ग़ैर ज़िम्मेदारी, उनकी दिशाहीनता, उनकी लापरवाही की बात तो हम अक्सर करते हैं, लेकिन कभी उनकी नज़रों से दुनिया देखने की कोशिश नहीं करते। उन्हें बताने के लिए हमारे पास ज्ञान का तो बहुत अम्बार है, लेकिन उनकी बात सुनने का धैर्य क्या हमारे पास होता है? इस संकलन के माध्यम से हमने इन्हीं युवाओं की बात समझने की कोशिश की है। दुनिया के सबसे ख़ूबसूरत एहसास 'प्यार' को ये किन नज़रों से देखते हैं? इनके वाले प्यार में फ़िल्मों का कितना असर है या इनके प्यार को साहित्य ने किस हद तक छुआ है। ऐसे सवालों का जवाब तो आपको इनकी लिखी कहानियाँ पढ़कर ही मिलेगा। इनके प्यार में शायद आप अपने लड़कपन को ढूँढ़ पाएँ, या शायद किसी हद तक इनकी राह को कोई दिशा दे पाएँ। प्यार किसी एक अभिव्यक्ति का मोहताज नहीं है। इसके भिन्न रूप होते हैं। सेल्फ़-लव, कैरियर को लेकर संतुष्टि भी इसी का रूप है। अपने डरों पर जीत हासिल करना।

इनके लिखे को पढ़कर जहाँ मुझे हैरानी हुई, तो वहीं कई बार भावनाओं को छूने की इनकी कला से मैं प्रभावित भी रह गई। कई बार इनका लिखा पढ़कर मेरे मन का भारीपन हल्का भी हुआ, तो कुछ पढ़ते हुए ख़ुद-ब-ख़ुद मेरे होंठों पर मुस्कान खिल आई।

और कैम्पस पर लिखी इन कहानियों ने कई बार तो मुझे अपने कॉलेज के लॉन में ही पहुँचा दिया, तो कभी उस कॉरिडोर से गुज़रते हुए दिल की धड़कनें बढ़ती हुई महसूस हुईं। 'पतझड़

के पाँच पत्ते', 'कुछ सुस्त क़दम रस्ते' उस 90 के दशक के मासूम प्यार की याद दिलाते हैं, जब नज़रों का टकराना भी बड़ा नज़राना हुआ करता था। 'अनजान सफ़र' आपको जीवन के सफ़र पर ले जाता है, हम सभी ने किसी न किसी रूप में इस सफ़र को तय किया है। 'इकोनॉमिक्स वाला लव' ऑनलाइन क्लास के दौर में आपदा को अवसर में बदलने का क़िस्सा है, तो 'खुमार' अपने में उलझी लेखिका की कहानी है। 'लास्ट सीन' आज के ज़माने का व्हाट्सअप वाला प्यार है, हम सभी सामने वाले के 'लास्ट सीन' को देखकर परेशान हुए हैं, जो भी पाठक फ़ोन पर व्हाट्सअप का इस्तेमाल करते हैं, वे जानते हैं कि ये 'लास्ट सीन' आपको किस क़द्र तक बेचैन कर सकता है। 'अनकही सी दास्ताँ' प्रेम कहानी न होते हुए भी प्रेम की ही कहानी है। ख़ुद से आसक्ति, अपने सपनों के प्रति जुनून, अपनी दोस्त से लगाव भी तो प्रेम का ही रूप है। किशोरों की उम्र में अपनी महत्त्वाकांक्षा को समझकर, अपने सपनों की तरफ़ बढ़ चलना भी तो एक प्रेम ही है।

'अनबाउंड स्क्रिप्ट' के तहत हमारा प्रयास उन पांडुलिपियों की जिल्द से बाहर जाकर किशोरों के मन की थाह लेने का है। हम फ़िक्शन और नॉन-फ़िक्शन के माध्यम से कुछ ऐसी किताबें लाने का प्रयास करेंगे, जो किशोरों तक अपनी पहुँच बना सकें। अक्सर कहा जाता है कि हिन्दी में किशोरों के लिए पढ़ने लायक़ ज़्यादा सामग्री उपलब्ध नहीं है...और जो उपलब्ध है, वो शायद अपनी पठनीयता और विचारों के चलते उनकी पहुँच से बाहर है। हमारा विनम्र प्रयास इसी अन्तराल को भरते हुए मौलिक व अनुवाद के माध्यम से बेहतर टेक्स्ट उपलब्ध कराने का है। हम चाहते हैं हमारे टीनेजर, किशोर बच्चे अपने स्कूली पाठ्यक्रम से

इतर कुछ हिन्दी में भी पढ़ें। उससे जुड़ाव महसूस करें। अगर ये किशोर किसी भी कारणवश हिन्दी से दूर रह गए तो इन्हें भी हिन्दी तभी 'कूल' लगेगी, जब बच्चन साहब 'कौन बनेगा करोड़पति' में बोलेंगे।

हमारे नए लेखकों और युवा पाठकों को अनेकों शुभकामनाओं के साथ 'अनबाउंड स्क्रिप्ट' की ये पहली किताब आप सभी को समर्पित है।

◈ *उर्मिला गुप्ता*
*दिलवालों की दिल्ली से*

# अनुक्रम

# अनजान सफ़र

# अनजान सफ़र

# अनजान सफ़र

◈ **पूर्णिमा वत्स**

यह सब हताशा में शुरू किया गया था। ठीक पाँच बजे वह घर से निकली थी। घर से पाँच बजे निकलना उसके लिए नई बात थी। सुबह की ठिठुरन और हल्की सी रोशनी के बीच ठीक सात बीस पर उसने बस पकड़ी। बस कहाँ की थी उसने नहीं देखा। या शायद देखने की हल्की-सी भी ज़हमत नहीं उठाई। ज़िन्दगी में कई बार ऐसे भी लम्हे आते हैं, जब हम कहीं पहुँचना नहीं चाहते। तब अनजान रास्ते हमें कहीं भी ले जा सकते हैं। कोई भी रास्ता कहाँ जाता है की ख़बर सिर्फ़ गूगल मैप को हो सकती है यूँ भी इनसान के लिए चीज़ें सीमित हैं।

बस ख़ाली नहीं थी, उसमें कहीं न कहीं जाने वाले भरे हुए थे। इस बार न तो कंडक्टर ने पूछा कि कहाँ जाना है, न उसने कोई जवाब ही दिया। बस एक पिंक टिकट उसके हाथों में थमा दी। कुछ ही देर में बस नए रास्तों के बीच से गुज़रने लगी। दिव्या बाहर देख

रही थी लेकिन उसके भीतर बहुत सी आशंकाओं ने अपनी जड़ें जमा ली थीं। आगे कहाँ जाना है के सवाल उसे घेरे हुए थे। पहले साल कॉलेज में आई लड़की कहाँ जा सकती है? इसका अन्दाज़ा किसी को नहीं था। वह घर से निकल तो गई थी लेकिन कहाँ जाने के लिए, इसका अन्दाज़ा वह नहीं लगा पा रही थी। ठीक एक घंटे बाद वह कश्मीरी गेट पर थी। यहाँ से उसने बस लेने की सोची और वह प्लेटफॉर्म की ओर निकल गई। प्लेटफॉर्म पर कई जगह जाने वाली बसें थीं। तभी उसे अपनी दोस्त अमिता का ख़याल आया। उसने देहरादून जाने वाली बस का टिकट लिया और उसमें बैठ गई। बस को ठीक शाम तक देहरादून पहुँचना था। हुआ भी यही। देहरादून पहुँचने में बस को बहुत लम्बा समय लग गया। बस यात्रियों से भरी हुई थी। दिव्या ने किसी से बात न करना ही उचित समझा इसलिए वह खिड़की के बाहर देखने लगी। खिड़की के बाहर एक बड़ी दुनिया थी, जिसमें आने-जाने वाले लोगों से लेकर ठहरे हुए लोग दिखाई पड़ते थे। दिव्या बाहर देखते-देखते सो चुकी थी। आँख खुली तो वह किसी सुन्दर से सपने से जागी हो जैसे। बाहर दूर तक हरियाली थी और नीला आकाश फैला हुआ था। दिव्या को कुछ संतुष्टि मिली। अब वह उन लोगों का मुँह बन्द करवा सकेगी, जो कहते हैं कि लड़कियाँ कहीं भी अकेले नहीं जा पातीं। शाम के तक़रीबन सात बजने वाले थे। दिव्या बस से उतर चुकी थी। उसने स्टैंड पर आसपास देखा उसकी दोस्त नहीं आई थी। दिव्या को कुछ डर लगा। डर अक्सर भीतरी नहीं होते, कभी-कभी बाहरी भी हो जाते हैं।

बाहर अँधेरा होनेवाला था लेकिन उसने हिम्मत न हारते हुए अपना फ़ोन उठाया और झट से होटल बुक कर लिया। होटल

बुक करने से पहले उसने सबसे पहले उसके रिव्यू देखे। डर में दिमाग़ ज़्यादा तेज़ी से काम करता भी है। उसने पास स्टैंड से रिक्शा ली और समय पर होटल पहुँच गई। होटल उसे ठीक लगा था। वह कमरे में गई और उसने टीवी ऑन कर लिया। टीवी देखते हुए अब वह बेहतर महसूस कर रही थी। उसने अपनी दोस्त को फिर फ़ोन लगाया लेकिन न तो रिंग लगी, न उसका फ़ोन ही आया। रात के ठीक आठ बजे उसे हल्की नींद आनी शुरू हो गई थी। नींद के साथ नई जगह का डर भी उसे सता रहा था। उसने किताब उठाई और कुछ देर पढ़ने लगी। पढ़ते हुए अक्सर बेहतर नींद आती है। यह बात उसे मालूम ही थी लेकिन एक तो पढ़ने से उसका ध्यान बेकार की बातों की ओर नहीं जा रहा था। दूसरा पहाड़ों की हल्की ठंड उसे नींद के आगोश में लेने को तैयार हो गई थी। दिव्या को फिर मालूम ही नहीं चला कि कब रास्ते की थकान और उसके डर नींद में बदल गए थे।

सुबह उठी तो उसने बालकनी से सूर्य को उगते देखा। दो पहाड़ों के बीच चमकता हुआ सूर्य उसे बेहतर लग रहा था। उसने पहली बार जाना अगर हिम्मत हो तो पहाड़ के बीच से भी सूर्य की तरह उगा जा सकता है। होटल से बाहर निकलने के बाद उसे फिर मालूम नहीं था उसे कहाँ जाना है। एक रात उसने धर्मशाला में बिताई। फ़ोन चार्ज न होने से उसकी अब कुछ ही बैटरी बची हुई थी। उसने बैट्री को बचा रहने दिया। पूरा दिन वह देहरादून में घूमती रही। पहाड़ों ने उसके डर को कुछ कम किया था। आज रात बादल थे उसने रास्ते तलाशने की कोशिश की लेकिन उसे रास्ते नहीं मिले। क़रीब ग्यारह बजे उसी दोस्त का फ़ोन बजा।

उसने फ़ोन उठा लिया था। दोस्त ने पहले उससे उसका पता पूछा और फिर कुछ ही देर में उसे लेने आ गई। दोनों अब घर की ओर निकल गए थे। दिव्या कार में बैठी हुई ख़ुद पर गर्व कर रही थी। कहाँ वह लड़की जिसे हमेशा डरपोक और कमज़ोर समझा जाता था आज दो शहर माप रही है। दो शहर मापना दरअसल शहर मापना नहीं था बल्कि वह एक विचारधारा को नाप आई थी। दोस्त ने कार में बैठे हुए दिव्या से पूछा, "क्या तुम दिल्ली वापस घर जाना चाहोगी?"

दिव्या ने जवाब दिया, "घर कहीं होते नहीं हैं, बल्कि बनाने होते हैं, क्या तुम मुझे यहाँ कहीं नौकरी दिलवा सकोगी?" दोस्त बहुत देर तक उसे देख मुस्कुराती रही वह जानती थी एक और परिंदा पिंजरा तोड़कर आकाश में उड़ने को तैयार हो गया है।

# कुछ सुस्त क़दम राहें

# कुछ सुस्त क़दम राहें

## ◈ रुचिरा

ठीक छह बजे मिलने की बात हुई थी। सौम्या पहले ही पहुँच गई थी। उसने पंडित जी के ढाबे पर आकर अभय को फ़ोन लगाया। सामने से एक आवाज़ आई।

"कहाँ हो?"

"ठीक ढाबे के सामने," सौम्या ने कुछ हल्की आवाज़ में जवाब दिया।

"कुछ देर रुको!" सामने से आवाज़ आई और फ़ोन काट दिया गया। सौम्या सँकरी-सी गली से होते हुए अन्दर ढाबे की ओर गई। गली लड़के-लड़कियों से भरी हुई थी। हर तरफ़ चहलक़दमी का माहौल था। भीतर जाकर उसे कुछ नए-पुराने दोस्त दिखाई दिए। उसने बेहद प्यार से सभी को हेल्लो कहा और एक कोने में जाकर बैठ गई। ढाबे में वह अक्सर बाहर ही बैठती थी। अन्दर बैठना उसके लिए एक मुश्किल काम था, लोगों का देखना या फिर पहचानना उसे क़तई रास नहीं आता। ख़ासकर

तब जब वह अभय के साथ हो। साथ होने में सिर्फ़ बैठना काफ़ी नहीं होता। साथ में आँखों का आँखों से मिलना और जान लेना भी शामिल होता है।

यह बात वह अभय को कभी समझा नहीं पाई। कितनी दफ़ा जब वह बाहर बैठने की ज़िद करती तो अभय कहता, "अरे कितना अच्छा है वहाँ सब, अन्दर बैठते हैं तो दोस्त, यार दिख जाते हैं! इसमें बुरा क्या है?" लड़के ज़िन्दगी और प्यार दोनों जगह अल्हड़ बने रहते हैं। साथ के मायने उनके लिए लड़कियों जैसे कभी नहीं होते। सौम्या के दिमाग़ में यह बात आई ही थी कि उसने अभय को सामने से आता हुआ देखा। उसे मालूम ही था सौम्या पहले की तरह कोने में ही बैठी मिलेगी। आते ही उसने पूछा, "उधर कोने में क्यों बैठी हो?" सौम्या ने रुखाई से जवाब दिया, "जैसे जानते नहीं!"

अभय ज़िद्दी था उसने मुस्कुराते हुए सौम्या को ठीक बीच की सीट पर बैठने को कहा। सौम्या टस से मस नहीं हुई। दुनिया भर के प्रेमी शहर, गली, सिनेमा में कोने की जगह की तलाश करते फिरते हैं और एक अभय है, उसे हमेशा बीच की जगह चाहिए होती है। बीच से सबको पता चल सकता है वह अभय से मिली है। पूरी डीयू की मंडली फिर कहाँ जाती है या तो आर्ट्स फैकल्टी या फिर यहाँ पंडित जी की कैंटीन। शुरू-शुरू में सौम्या कभी नहीं चाहती थी कि वह और गहरे दोस्त बनें। लेकिन समय को जो करना होता है, वह करता ही है। पहले साल दोनों में कम बात होती थी। दूसरे साल कॉलेज के फेस्ट में मिलने के बाद समय कैसे साथ गुज़रने लगा मालूम ही नहीं चल पाया था। प्यार के सरल दिन बादल की तरह उड़ जाते हैं और कठिन दिन किसी डूबर्त

हुई नाव की तरह हमेशा बने रहते हैं। "कल जा रही हूँ!" सौम्या के कहते ही कमरे का मौन टूटा। अभय कुछ मायूस-सा उसकी ओर देखता रहा कहा कुछ भी नहीं। सौम्या चाहती थी कि वह उसे रोक ले! लेकिन सिर्फ़ रोक लेना काफ़ी नहीं था। प्यार और रिश्ते के बीच एक गहरी दीवार होती है, जिसे छोड़ना या फाँदना होता है। अभय उस दीवार से हमेशा सटकर खड़ा रहा न उसने दीवार के पार कभी झाँका न कभी उसे पार करने की बात ही कही। सौम्या को मालूम था वह रुकने के लिए कभी नहीं कहेगा। इतने साल उन्होंने एक-दूसरे के आलिंगन में रातें गुजारीं। एक-दूसरे के स्पर्श और चुंबनों से भरी रही उनकी दुनिया! पर दोनों ने किसी के जाने पर कभी नहीं कहा रुक जाओ। क्या होता अगर कह देते? सिर्फ़ एक शब्द भर ही! सौम्या कई बार सोचती तो उसका आत्मसम्मान उसके आड़े आ जाता। लड़कियाँ बड़ी मुश्किल के बाद जिस आत्मसम्मान को पा पाती हैं, वह एक प्रेमी के आने भर से उखड़कर चकनाचूर हो सकता है। यह बात सौम्या अच्छी तरह से जानती थी। छह बजे के साथ-साथ घड़ी घूमते हुए नौ तक आ गई थी। वेटर ने आकर समय की ओर इशारा कर दिया था। सौम्या को अभय से जवाब चाहिए था। अभय चुप था। दोनों रात के सन्नाटे में ग्वायर हॉल की ओर जा निकले। अभय ने पहले सौम्या की कनकी उँगली को छुआ और फिर उसे अपनी कनकी उँगली में बाँध लिया। धीरे-धीरे घुलती हुई कनकी उँगलियाँ हाथ की बन्द मुट्ठी में तब्दील होने लगीं। रात के सुर्ख अँधेरे में स्टीफन के चर्च के ठीक सामने अभय ने सौम्या को चूमते हुए कहा, "मत जाओ ना!" गेट के ठीक पास चीड़ का पेड़ मुस्कराया मानो कह रहा हो रोकने और जाने देने के बीच सिर्फ़ एक शब्द, "मत जाओ ना ही तो है!"

# पतझड़ के पाँच पत्ते

# पतझड़ के पाँच पत्ते

## ◈ वैभव

पतझड़ के चार पत्ते ठीक उसके देखते-देखते ही शाख से अलग हो गए थे। हर एक पत्ता उसे उदासीन और बेरंग ही दिखा। ये मौसम है ही इतना उदासीन, सर्द हवाओं का रूखा मौसम। शायद इसलिए अंग्रेज़ी के अधिकतर कवियों ने इसी मौसम में अनगिनत रचनाएँ लिखीं। बेजान पड़े मन और लोगों के बीच एक प्रकृति ही तो है, जो हमेशा रंग बिखेरती है, लेकिन वह प्रकृति भी इस मौसम में कुम्हला जाती है। सुजाता को ये मौसम क़तई पसन्द नहीं। हर बार सर्दी आते ही वह घर से निकलना बन्द कर देती है। सर्द मौसम में एक तो घर की रजाई और दूसरा कुछ न करने की इच्छा दोनों पैदा हो जाती हैं। लेकिन इस बार ऐसा क़तई नहीं है। जब से प्रशान्त आया है चीज़ें बदल गई हैं। बदली तो ज़िन्दगी भी है लेकिन मौसम ज़्यादा बदला जान पड़ता है। उसके आने के बाद रजाई का मोह कब जाता रहा, सुजाता तय नहीं कर पाई है।

सर्द रातों में बग़ैर बर्फ़ का शहर भी अब उसे कुछ गुदगुदी कर जाता है। शहर में बहुत कुछ न भी बदलता हो पर अगर एक भी नया शख़्स आपकी ज़िन्दगी में आए, तो ज़िन्दगी और शहर दोनों बदलने लगते हैं। ये बात न जाने कितनी बार सुजाता ने सुनी है, पर महसूस उसने प्रशान्त के आने के बाद ही की है। सुनना और महसूस करना दो अलग-अलग चीज़ें हैं, यह बात वह जानती है। यह सब वह ख़ुद से कह ही रही थी कि फ़ोन की रिंग बजी। फ़ोन प्रशान्त का था। दोनों ने जैसे बहुत दिन बाद हेल्लो सुना और कहा।

हेल्लो के बाद देर न लगाते हुए प्रशान्त ने झट से बोल दिया, "इससे पहले तुम्हें लगे कि हम ब्रेकअप कर लें, मैं कल दिल्ली आ रहा हूँ।" सिर्फ़ इतना कहकर वह फ़ोन रख चुका था। सुजाता जानती थी कि अगर वह कल आएगा तो ठीक दोपहर के समय पहुँचेगा और सीपी में मिलेगा। ठीक उसी जगह जहाँ से सब शुरू हुआ था। प्यार अगर लम्बा चले तो आप जान रहे होते हैं कौन, कब, कहाँ, किस समय मिलता है। ये आदत नहीं एक-दूसरे को जानने की प्रक्रिया में शुमार हो जाता है। फिर सुजाता और प्रशान्त का प्यार तो पूरे दस साल पार कर चुका था। कहते हैं कि बचपन का प्यार बहुत टिकता नहीं। सच बात है, लेकिन अगर यही प्यार टिक जाए तो उससे ज़्यादा बेहतरीन रिश्ता शायद ही कोई और होता हो।

सुजाता प्रशान्त की चुप्पी तक का अर्थ जानती थी और प्रशान्त सुजाता का हर आँसू बहुत दूर से महसूस कर सकता था। दुनिया में रिश्ते अगर सिर्फ़ जिस्मानी होते, तो प्यार नाम की किसी चीज़ का जन्म ही नहीं होता। लेकिन जिस्म की दुनिया के बाहर भी एक दुनिया थी, जिसकी ज़रूरत आदमी को सबसे

ज़्यादा रही, वह थी समझ। आदमी और जानवर के बीच का सफ़र यह समझ ही तय करती है। सुजाता समझती थी चीज़ें उतनी सरल नहीं होतीं, जितनी वे दूर से लगती हैं। ठीक एक साल पहले जब प्रशान्त अपने शहर वापस लौटा तो उसने सोचा नहीं था कि उनके बीच दूरियाँ इतनी बढ़ जाएँगी कि उसे पार करना एक असाध्य काम लगेगा।

सुजाता ठीक समय पर पहुँच गई थी, प्रशान्त ठीक एक घंटा देरी से आया था। उसने सुजाता को पहले एक किताब थमाई और बातों का सिलसिला चल निकला। प्रशान्त को नहीं मालूम था कहाँ जाना है, लेकिन सुजाता जानती थी कि अब वे और साथ नहीं चल सकते। उसने प्रशान्त को देखा और एक साँस में बोल दिया, "पढ़ाई के दिन अलग थे तब हम साथ थे, साथ का मतलब दूरी नहीं होता। साथ का एक सामान्य मतलब साथ ही होता है! दो शहर एक रिश्ते में बँधकर कभी साथ नहीं चलते, बल्कि दो शहर दो शहर ही हो सकते हैं।"

प्रशान्त जानता था कि शहर बदल जाने से उनका रिश्ता कितना बदल गया था। अब वे न तो एक-दूसरे से ठीक से बात कर पाते थे और न ही मिल पाते थे। कुछ उसकी भी ग़लती थी और शायद कुछ समय का दोष भी। सुजाता तय कर चुकी थी कि वह अब साथ नहीं रह सकते। प्रशान्त ने भी तय किया था कि वे अब साथ ही चलेंगे। दो विपरीत दिशा में सोचने वाले, रास्ता खोजने के लिए तब कहीं बाहर नहीं गए थे। सुजाता ने पेड़ से गिरे दो पीले पत्ते उठा लिए थे और प्रशान्त ने भी पास पड़े दो हरे पत्ते उठाए थे। दो पीले और दो हरे पत्ते के बीच अब उन्हें पेड़ से गिरने वाले नए पत्ते का इन्तज़ार था। दोनों ने तय किया था कि उनका रिश्ता वे नहीं, मौसम तय करेगा। इसलिए एक ने ख़त्म

करने के लिए पीले पत्ते उठाए, तो दूसरे ने बचे रहने को हरे पत्ते। हल्की हवा में मौसम ठिठुरन से भरा था। दोनों पेड़ से आख़िरी यानी पाँचवें पत्ते के गिरने के इन्तज़ार में बैठे रहे। एक घंटा, दो घंटे और फिर चार घंटे बीत चुके थे। बाहर मौसम बदलने लगा था लेकिन पेड़ का एक भी पत्ता नहीं गिरा था। देखते ही देखते सुजाता ने अपना सिर प्रशान्त के कंधे पर रख लिया और बोली, "क्या हम दोस्त रहें, जैसे प्रेमी होने से पहले थे।"

प्रशान्त ने हाँ में सिर हिला दिया फिर बोला, "और प्रेमी भी।" बीच की उलझन बीच में ही रह गई। दोनों बहुत देर बैठने के बाद अब जा चुके थे। पेड़ ने कुछ देर बाद एक पत्ता गिराया, वह हल्का हरा था। शाम अब सर्द हो चली थी। शहर में आसपास बहुत सी लाइटें जल रही थीं। दोनों अब ऑटो लेकर शहर से घर की ओर निकलने लगे थे। सुजाता का सिर अभी भी प्रशान्त के कंधे पर था। ऑटो में एक ख़ूबसूरत गाना चल रहा था, "तेरे बिना ज़िन्दगी से कोई, शिकवा तो नहीं, शिकवा नहीं, शिकवा नहीं। तेरे बिना ज़िन्दगी भी लेकिन, ज़िन्दगी तो नहीं।"

# इकोनॉमिक्स वाला लव

# इकोनॉमिक्स वाला लव

## ◈ पूर्णिमा वत्स

कल से सर्द दिन शुरू हो जाएँगे। नमिता ने अख़बार का पहला पन्ना पढ़ने को उठाया तो उसमें यही लिखा था। सर्दियाँ जितनी जल्दी आती हैं, उतनी जल्दी चली भी जाती हैं। नमिता को याद आया कि जब वह बचपन में कुमाऊँ में अपने गाँव जाती थी, तो कितनी ठंड पड़ती थी। कलेजा तक काँप जाता था। लेकिन गिरती हुई बर्फ़ की सफ़ेद चादर सब कुछ भुला देती थी। कल बारिश हुई तो हल्की सी ठंड आज चली आई थी। लेकिन दिल्ली की ठंड कोई ठंड थोड़े ही है। कुहरा भी अब हल्का ही होता है। शहर के लोगों ने मौसम को कितना बदल दिया और मौसम ने शहर के लोगों को, उसने सोचा। सोचती वह बहुत थी करने के लिए उसके पास कम चीज़ें थीं। इस साल नमिता बारहवीं का इम्तहान देगी। दे भी सकेगी कि नहीं इस बात का उसे कुछ ख़ास अनुमान नहीं है। कोरोना में एक तो सब स्कूल बन्द हैं, ऊपर से क्लास और पढ़ाई दोनों ही करने में बड़ी

दिक़्क़त आती है। सवाल सिर्फ़ और सिर्फ़ वेब क्लास लेकर समझे नहीं जा सकते। अगर ऐसा होता तो किसी को स्कूल जाने की कभी ज़रूरत नहीं पड़ती। नमिता ने कितनी बार पापा को कहा कि उसका ट्यूशन लगवा दें, लेकिन पापा थे कि सुनने का नाम ही नहीं लेते थे। सिर्फ़ इतना कहते और बात टली की टली रह जाती–"हमारे ज़माने में तो हम काम भी करते थे और पढ़ते भी थे! ट्यूशन की ज़रूरत हमें तो कभी नहीं पड़ी।"

यह बात करके पापा नमिता को चुप करवा देते। लेकिन नमिता जानती थी कि बिना ट्यूशन वह पास तो हो जाएगी लेकिन बढ़िया नंबर नहीं आएँगे। वह यह भी जानती है कि अगर इस साल टॉपर के सौ फीसद नंबर आये हैं, तो उसे कम से कम अस्सी तो लाने ही होंगे ताकि कोई हीनता से उसे न देखे। ज़िन्दगी की असली रेस स्कूल के बाद शुरू होती है यह बात वह घर में कितनी बार सुनती थी। पिछली बार जब पड़ोसी शर्मा जी के लड़के के नब्बे फीसद आए तो नमिता की ओर मुँह करके पापा ने कहा था–"देख रही हो कितना समझदार है। अगले साल तुम्हारे भी बोर्ड्स हैं न, मेरा नाम रोशन करना बेटा।" पापा की बात सुनकर नमिता ने एक बोझ महसूस किया था उस रोज़। बच्चे ठीक-ठीक कह नहीं पाते लेकिन उनकी ओर लगाई गई हर उम्मीद कब बोझ और यातना में बदल जाती है कोई नहीं जान सकता। कभी शिक्षक की उम्मीदें, तो कभी घर वालों की। क्यों लगाते हैं सब उम्मीद यह जानते हुए कि उम्मीद कितनी भारी होती है कुछ नाज़ुक दिलों के लिए। नमिता कितनी बार यह सब कह देना चाहती थी कि वह रेस का घोड़ा नहीं है।

स्कूल की एक सामान्य लड़की है जिसने कभी ज़िन्दगी में टॉप नहीं किया। न कभी चाहत ही हुई। किताबें अगर ज़िन्दगी होतीं, तो लोग लकड़ियों के घर नहीं बनाते न। लेकिन ऐसा भी नहीं था कि उसे किताबें पसन्द नहीं थीं। स्कूल की किताबों से उसे बेइंतहा मोहब्बत थी। ग्यारहवीं में भी उसने लड़कर आर्ट्स लिया था। पेंटिंग में उसने बहुत से पुरस्कार भी पाए थे। ख़ुद को साबित करना सबसे बड़ी चुनौती होती है ख़ासकर तब जब बारहवीं के इम्तहान हों। नमिता ने जी-जान लगाकर पढ़ाई शुरू कर दी थी। कोरोना में न वह कहीं बाहर जाती थी न कोई बाहर से आता ही था। हाँ फ़ोन पर समय बीतता जाता था। बोर्ड होंगे नहीं होंगे के बीच उसने अभी तैयारी शुरू कर दी थी। साल ख़त्म होने में सिर्फ़ एक महीना ही बचा था। दिसम्बर में इम्तहान होंगे या नहीं यह अभी तक तय नहीं हो सका था। इकोनॉमिक के जाने कितने ही सवाल उसे समझ नहीं आ रहे थे। ऐसा नहीं है कि पढ़ाने वालों की ग़लती है बल्कि मैम तो अपनी तरफ़ से पूरी कोशिश कर रही थीं। लेकिन हर बच्चा इतना समझदार नहीं होता कि झटपट पकड़ ले। कुछ बच्चे सामान्य होते हैं और कुछ किसी विषय में कमज़ोर।

नमिता गणित में हमेशा कमज़ोर रही। तथ्य की दुनिया को समझने की अपनी दुश्वारी थी। वे उसकी समझ में कभी नहीं आए। पापा ट्यूशन के लिए मना कर ही चुके थे। उसे समझ नहीं आ रहा था कि अब किसके पास जाकर मदद माँगे। उसने अजीत को फ़ोन लगाया। अजीत उसके स्कूल का इकोनॉमिक्स का ग्यारहवीं का टॉपर था। तय किया गया कि एक दिन मिलकर सब सवाल समझा दिए जाएँगे। मिला कहाँ जाएगा की दुविधा बनी हुई थी तो तय किया गया कि मैक-डी में ही मिल लिया

जाएगा। ठीक सुबह दस बजे दोनों मिले और मैक-डी में किताबें खोल बैठ गए। पास में एक कॉफ़ी का कप और ऑर्डर किया हुआ बर्गर रखा हुआ था। लगभग सभी सवाल हल हो गए थे। अजीत ने पेमेंट की और घर निकल गया। नमिता भी घर निकल आई थी लेकिन अजीत उसके दिमाग़ से निकल नहीं रहा था। लड़कियाँ उन लड़कों से ज़्यादा इम्प्रेस हो जाती हैं, जो उन्हें इम्प्रेस नहीं करते बल्कि मदद करते हैं। अजीत उन्हीं लड़कों में से था। पढ़ने वाला शान्त लड़का। उसकी कभी कोई गर्लफ्रेंड नहीं रही थी। लेकिन वह लड़कियों का बहुत सम्मान करता था।

लड़कियों को ज़िन्दगी में कुछ ही चीज़ें चाहिए होती हैं सम्मान, बराबरी और थोड़ी-सी केयर। जहाँ ये मिल जाएँ वहीं उनका मन लग जाता है। अजीत से नमिता की दोस्ती हुए भी कुछ दिन हुए थे। फ़ोन पर हर दिन बात होने लगी थी। नमिता ने एक दिन फिर अजीत को फ़ोन किया और कुछ सवाल हल करने के लिए बुलाया। अजीत जानता था नमिता उसे पसन्द करने लगी है। नमिता भी जानती थी अजीत उसे पसन्द करता है। ठीक बारह बजे दोनों फिर एक बार मिले और शाम तक पढ़ाई की। जाते हुए अजीत ने एक गुलाब का फूल नमिता को थमा दिया था।

"ले जाओ न।"

"पर मैं घर पर क्या कहूँगी!" की हल्की आवाज़ कैफ़े में गूँज रही थी। पास बैठे लोगों को मालूम चल रहा था कि दोनों का पहला प्यार है शायद। नमिता ने फूल को अख़बार के पन्ने में लपेटकर बैग में डाल लिया था। अजीत उसे ऑटो करवाकर घर जा चुका था। ऑटो में गाना बज रहा था, 'कोई आरज़ू गीत गा

तो रही है मगर धीरे-धीरे!' घर पहुँचने पर फ़ोन खोलकर नमिता ने देखा तो उसमें एक मैसेज लिखा था। 'मुझे इकोनॉमिक्स से मोहब्बत हो गई है शायद, फ़िल्म देखने चलोगी?'

# मखमली घास वाले दिन

# मखमली घास वाले दिन

## ◈ पूर्णिमा वत्स

अक्टूबर ने अभी अँगड़ाई ही ली थी। इन दिनों सूर्य अपनी रोशनी बिखेरता और जल्दी लौट जाता। वे नई उम्र के अल्हड़ लड़के-लड़कियाँ कॉलेज लॉन में यूँ ही पड़े रहते जैसे बारिश के बाद ओस घास पर पड़ी चमकती थी।

"याद है न तुमको अगली क्लास है अभी कुछ देर में ही, यहीं बैठना है कि चलोगे भी?" प्रभा ने प्रवेश को उठाते हुए कहा।

"अभी कहाँ प्रभा, जाने दो न! रोज़ कहाँ तुम मुझे अपनी गोद में यूँ घंटों लेटे रहने की परमिशन देती हो? आज इतने दिन बाद तो हम मिले हैं, जाने दो न आज क्लास नहीं लेते।"

प्रवेश ने आलस दिखाते हुए कहा तो प्रभा ने झट से अपना बैग उठाया और खड़ी हो गई। प्रभा के खड़े होने से प्रवेश ज़मीन पर गिर गया। वह तो गनीमत रही कि नीचे हरी मखमली घास की चादर बिछी हुई थी। नहीं तो जैसे ही सर ज़मीन से लगता ख़ून

निकल आता। इस बात का गुस्सा प्रवेश को बहुत था। आख़िर आस्था मैडम की क्लास में ऐसा था क्या? जो इसको इतनी जल्दी लगी रहती है? उसे आज तक यह बात समझ नहीं आई थी। पर प्रभा थी कि कॉलेज आती, तो कोई क्लास मिस नहीं करती। अगर क्लास आस्था मैडम की हो तो क़तई नहीं। प्रवेश को आस्था मैडम का पढ़ाना अटपटा लगता। उसे विनय सर ज़्यादा पसन्द थे। पर प्रभा विनय सर की क्लास लेने से कतराती थी। प्रभा ही क्यों कॉलेज की हर लड़की को विनय सर ज़रा ठीक नहीं लगते थे। वे क्लास में पढ़ाते हुए कभी किसी के सर पर हाथ फेरते तो कभी किसी के कंधे पर। हालाँकि लड़कों के साथ भी ऐसा होता था, पर लड़कियों की टोली में यह बात आम थी। वे विनय सर की क्लास का लगभग बहिष्कार कर चुकी थीं। आज जब क्लास लेकर प्रभा बाहर आई तो प्रवेश दरवाज़े पर ही खड़ा मिल गया उसका मुँह कुछ फूला हुआ था। उसने प्रभा की ओर थोड़ी मज़ाक़ वाली शक्ल बनाई और अपना सर आगे कर दिया।

"देखो ज़रा, तुमने ख़ून निकलवा दिया। इसका हर्जाना कौन देगा मैडम?" प्रवेश के सर पर हाथ फेरकर प्रभा ने देखा तो वहाँ न ख़ून था न ही किसी क़िस्म की कोई चोट। हाथ फेरकर उसने प्रवेश की आँखों में देखा और बिलखकर रोने लगी। प्रवेश की समझ में नहीं आ रहा था कि आख़िर एक मज़ाक़ में ऐसा क्या हो गया था कि वह फूट-फूटकर रोये ही जा रही थी। उसने प्रभा के चेहरे को ऊपर उठाया और कहा, "देखो, मेरी तरफ़ देखो, बताओ क्या हुआ?"

प्रभा ने ऊपर की ओर देखा और फिर रोने लगी, रोते हुए वह प्रवेश से एकदम सट आई थी। आते-जाते हुए सब उन्हें घूरकर

देखने लगे थे। इस बात का आभास होते ही प्रभा ने ख़ुद को दूर किया और एक जगह जाकर बैठ गई। तब तक प्रभा की बाक़ी सहेलियाँ भी आ गई थीं। उन्होंने बताया कि आज विनय सर ने पहले तो प्रभा के कंधे पर हाथ फेरा और बाद में उसे क्लास में बेइज़्ज़त भी किया। "पर आज तो क्लास आस्था मैम की थी?" प्रवेश ने पूछा तो मालूम हुआ कि वे अब नौकरी छोड़कर जा चुकी हैं।

विनय सर को सबक सिखाना ज़रूरी हो गया था, वे अध्यापक तो थे पर अभी एक महीना पहले ही उन्होंने पढ़ाना शुरू किया था। सभी ने उनकी प्रेमिका से जाकर उनकी शिकायत की। विनय सर भी कहाँ चुप बैठने वाले थे? उन्होंने हर एक लड़की के घरवालों को बुलाकर लॉन की घास और उस पर लेटी हुई लड़कियाँ दिखा दीं। घर में सबकी शामत आई। कुछ दिन तक प्रभा को भी घर रहने की सलाह दी गई। महीने और फिर साल गुज़र गए किसी को लॉन में बैठने की इजाज़त नहीं दी गई थी। हरी घास का लॉन अब दूर तक किसी जंगल में तब्दील हो गया था। समय बदलता गया और साल आते-जाते गए। प्रभा और प्रवेश एक-दूसरे से बहुत नहीं मिल पाते थे। मिलते भी थे तो बहुत समय के लिए नहीं। या तो कभी किसी लाइब्रेरी में या फिर किसी चाय की स्टॉल पर। अल्हड़ और बेफ़िक्र दिन अब बड़े और मज़बूत दिनों में बदलने लगे थे। चाय पर लम्बी चर्चाएँ होतीं और फिर सब अपने घर लौट जाते। धीरे-धीरे प्रभा ने कॉलेज में पढ़ाना शुरू कर दिया था। प्रवेश भी अब कुछ एक जगह क्लास लेकर आने लगा था। कॉलेज से विनय सर अब जा चुके थे पर सदियों से बन्द पड़ा लॉन अब भी बन्द ही रहा करता

था। एक रोज़ लाइट जाने के बाद प्रभा प्रिंसिपल के कमरे में गई और लॉन की चाभी ले आई। धूप में पढ़ाने को लेकर उसकी राय उन्हें बेहतर लगी। लॉन में क्लास लेते समय प्रभा लॉन वाले दिन को याद करने लगी। और बहुत देर तक उस मखमली घास पर अपना हाथ फेरती रही। बच्चे क्लास लेकर जा चुके थे। इसके बाद भी प्रभा बहुत देर तक वहीं बैठी रही। कॉलेज का समय भी अब ख़त्म हो चुका था। गार्ड ने चाभी माँगी तो उसने मना कर दिया यह कहते हुए कि "मैं जाऊँगी तो आपको चाभी दे दूँगी!" गार्ड सुनकर जा चुका था। सामने से प्रवेश आया तो उसने प्रभा को हर जगह खोजा। मालूम हुआ कि वह लॉन में है, तो उसकी ख़ुशी का ठिकाना ही नहीं रहा। वह दौड़ता हुआ वहाँ गया। प्रभा वहाँ अब भी घास में वैसे ही लेटी हुई थी, जैसी वह उस समय लेटकर आसमान को ताकती थी जब वे अल्हड़ और नादां थे। प्रवेश ने लॉन की घास का एक तिनका तोड़ा और उसका गोल घेरा बनाकर प्रभा से पूछा "विल यू मेरी मी?"

प्रभा ने आकाश को आँखों में भर लिया फिर दोनों आकाश को देखने लगे उसमें नवम्बर का सूर्य चमक रहा था।

UNNDER SINGH
Can Love

# किताब

# किताब

## ◈ अखिल अशोक

जाने कितनी बार इस किताब के पन्ने पलट चुका था, याद भी नहीं। कभी मेरे तकिए के नीचे, कभी बिस्तर के कोने, तो कभी मेरे बस्ते में। हर जगह साये की तरह मेरे साथ ही रहती थी ये किताब। बचपन में कॉमिक्स पढ़ने से शुरू हुआ पढ़ने का यह शौक़ बड़े होने के बाद भी ज़ारी रहा।

मुझे लगता है कि लेखन एक कठिन कार्य है, जिसमें अपनी किसी सोच, किसी भावना, किसी कल्पना को एक जगह इकट्ठा कर एक ढाँचे में बाँधना होता है। इसलिए मैं वक़्त लेकर कहानी को महसूसते हुए पढ़ता था, कि जाने किस सोच में डूब लेखक ने यह लिखा था। इस तरह से पढ़ने पर पढ़ने का आनन्द दुगना हो जाता था।

मगर आज, जो किताब मेरे हाथ में थी, वह कुछ अलग थी। स्वीकारने में कुछ वक़्त ज़रूर लगा, मगर कहना पड़ा कि वह मेरी सबसे प्रिय पुस्तक बन गई थी। इसकी लेखन शैली, जीवन के

फ़लसफ़े और कहानी सबने मानो मेरे दिल के अनछुए तार छेड़ दिए थे। इस किताब को इतना पसन्द करने की एक और वजह थी, स्तुति।

दरअसल छात्र होने के नाते मैं अपनी किताबें पढ़ने का शौक़ सेकंड हैंड किताबों से पूरा किया करता था। और स्तुति इस किताब की पहली पाठक थी। वो कौन थी, कैसी थी, क्या करती है... मुझे कुछ नहीं पता। बस ये कह सकता हूँ कि कुछ ही दिनों में उसने मेरे दिल में अपना ठिकाना बना लिया है। अक्सर हम दूसरों में अपनी छवि ढूँढ़ने की कोशिश करते हैं। अगर आपका पसन्दीदा गाना या फ़िल्म किसी और की भी पसन्दीदा फ़िल्में हों तो हम उससे एक अलग क़िस्म का जुड़ाव महसूस करने लग जाते हैं। मेरे लिए यह जुड़ाव बहुत ज़रूरी है और हर किसी के साथ यह महसूस नहीं होता।

पर आज यहाँ एक लड़की थी, जिसे न देखा है ना जाना है। लेकिन देखने को बहुत जी चाह रहा है, और जानने का उससे भी ज़्यादा। ऐसा लग रहा था कि ये जो मैं ख़ुद में ही डूबा रहता हूँ, मुझे मुझसे बाहर निकालने का ज़रिया है वो। हो सकता है कि मैं कुछ ज़्यादा सोच रहा हूँ...!

उस किताब के पन्ने पलटते हुए बार-बार यह यक़ीन हो रहा था कि स्तुति की भी यह प्रिय किताब है। हर उस पंक्ति के नीचे एक लकीर, जो मुझे भी बेहद पसन्द आई थी। हर उस पन्ने का मुड़ा होना, जिसने मुझे कुछ सोचने पर मजबूर कर दिया था। वो पेंसिल से कोनों पर लिखी गईं, छोटी-छोटी टिप्पणियाँ... जिन पर मैं कई दफ़े हाथ फेर चुका था।

मैं बहुत बेचैन हो रहा था, यह जानने के लिए कि क्या स्तुति भी इन पंक्तियों को पढ़कर मेरी तरह ही सोच रही होगी, या

उसके विचार कुछ अलग रहे होंगे। एकतरफ़ा प्रेम में कुछ दिन झुलसने के बाद किताब वाले से दोस्ती कर, स्तुति का पता लिया।

आज जब हाथ में वो किताब थामे उसके घर की तरफ़ चल रहा हूँ, एक अजीब सी ख़ुशी महसूस कर रहा हूँ। प्यार के पहले झोंकों के संग, दिल आसमाँ में उड़ रहा है। किताबों से प्रेम करने वाले का किताबी प्रेम पन्नों के बाहर अपने पर फैला रहा है।

# तोहफ़ा

# तोहफ़ा

◈ राजीव त्यागी

"तो तुम्हें कैसे तोहफ़े पसन्द हैं?" यह पूछते ही वो मुस्कुराने लगा। फिर उसकी आँखें पहले दाएँ, फिर बाएँ, फिर ऊपर और फिर नीचे घूमीं। फिर और कुछ देर बाद हर आने-जाने वाली गाड़ी में न जाने क्या-क्या खोजने लगी। कुछ सवाल आपके इतने क़रीब होते हैं कि जब उन्हें पूछते हैं तो ऐसा लगता है कि आपने अपना हिस्सा ही दे दिया हो।

"तोहफ़े? मुझे 'तोहफ़े' पसन्द नहीं। यह विचार एक पूँजीवादी सोच की उपज है।" उसका यह वाक्य एक गाड़ी के हॉर्न की आवाज़ में कहीं गुम हो गया। जब दोनों ने पीछे मुड़कर देखा तो तीन गाड़ियाँ तेज़ हॉर्न बजा रही थीं।

दोनों को चलना बहुत पसन्द है। वो सोचते हैं चलना अन्तहीन है और चलते हुए बातें बेहतर होती हैं। चल बातों का भी कोई अन्त नहीं होता। बातें करते हुए मानो समय ठहर जाता है। बातें करते हुए मन एक पंछी की तरह आज़ाद होता है। जब

मन हो चलते हुए रुक जाओ या बातें करते जाओ और चलते जाओ। शायद इसकी वजह यह भी हो सकती है कि दोनों को रुकने से डर लगता है। वो खुले आकाश में कलरव करते हुए बस उड़ते रहना चाहते हैं।

"हमें सड़क ध्यान से पार करनी चाहिए, एक दिन कुछ भी हो सकता है।" उसने उसके हाथ को ज़ोर से पकड़ा और पीछे खींचते हुए बोला। "मरना तो अन्त होता है ज़िन्दगी का।" मगर शायद दोनों को मरने की चिन्ता नहीं है, लेकिन हाँ मरने का डर ज़रूर है।

"माफ करना," दोनों ने सड़क के किनारे होकर गाड़ी वालों को बोला। गाड़ी वाले अपनी त्योरियाँ चढ़ाते हुए निकल गए। उसने जीभ बाहर निकालकर गाड़ी वालों को चिढ़ाना शुरू कर दिया। लेकिन इन गाड़ी वालों के पास इतना समय कहाँ कि किसी के बचपने पर अपना समय दें।

"कहाँ जा रहे हैं इतनी तेज़, थोड़ी देर रोक नहीं सकते," उसने अपनी जीभ अन्दर करते हुए कहा। "इसलिए मुझे कभी गाड़ी नहीं चाहिए... न टू व्हीलर, न ही चार पहिए वाली। गाड़ी के सामने इनसान कुछ नहीं है। सब लोग सिर्फ़ चल क्यों नहीं सकते। चलो बातें करो, चाय पीते हुए। राजनीति के बारे में, सिनेमा या कविता के बारे में। कहानियों पर बात करो। आख़िर इसमें इतना क्या मुश्किल है।" उसने ज़मीन की तरफ़ देख, गहरी साँस ली और बोली, "सब इतनी तेज़ निकल रहे हैं, मगर तब भी कोई समय पर कहीं नहीं पहुँचता। अजीब है न, इसलिए बेहतर है मेट्रो से आओ-जाओ।"

"बेहतर ही, बेहतर से बेहतर होता है।"

"उफ़्फ़...। हमेशा पब्लिक ट्रांसपोर्ट को सपोर्ट करना

चाहिए, इतने तरह के लोग मिलते हैं वहाँ। तुम्हारी और मेरी बात भी तो पहली बार वहीं हुई थी क़रीब 2 महीने पहले। कौन सा मेट्रो स्टेशन था वो?" उसने सोचते हुए बोला।

"रेसकोर्स रोड"

"नहीं नहीं, तब तक तो नाम बदल गया था। लोकमान्य तिलक मार्ग।" उसने चाय वाले की तरफ़ इशारा किया और भाग पड़ी।

दोनों को मिले हुए कुछ महीने ही हुए हैं। वो दिल्ली के कॉलेज से लिटरेचर में बैचलर कर रही है और शेक्सपियर में काफ़ी दिलचस्पी रखती है। एक बार जब रोड क्रॉस करते हुए जान बाल-बाल बची थी, तब उसने शेक्सपियर के नाटक रोमियो जूलियट से एक लाइन बोली, "दीस वायलेंट डिलाईट्स विल हैव वायलेंट एंड्स" और फिर ज़ोर से हँसने लगी। और वो, उसको नौकरी का शौक़ नहीं, बस चीज़ों की तस्वीरें निकालता है और उनको बेच देता, वो भी दोस्तों के कहने पर। उसके हिसाब से कला और कॉमर्स का कोई रिश्ता नहीं होता। आसान शब्दों में बोलूँ तो, उसे फ़ोटोग्राफ़ी बहुत पसन्द है। अलग-अलग चीज़ों की तस्वीरें खींचना। ज़रूरी नहीं कि वह चीज़ ख़ास हो, बस इतना काफ़ी होता है कि वह अपने आसपास की चीज़ों से बातें कर रही हो।

"इस चाय में शक्कर बहुत है," उसने मुँह बनाते हुए कहा। "हर चाय वाला परफेक्ट नहीं होता।"

उसने चाय वाले को पैसे दिए, और आगे चलने लगी। वो वहीं पर खड़ा होकर उसे आगे जाते हुए देखने लगा।

दोनों क़रीब दो घंटे से चल रहे हैं, और न जाने कितनी बार चाय के लिए बीच में रुक चुके हैं। रुकते हुए वो न जाने कितनी

बार यह कह चुकी है कि इन मटेरियल चीज़ों की बातें बेमानी हैं, "सड़क के किनारे चाय पीने का मज़ा कोई रैडीसन या ताज नहीं दे सकता।" सूरज ढलने में अब कुछ ही समय रह गया है। चलते हुए अनगिनत बातें होती गई हैं। वो ग़ालिब का शेर और पीयूष मिश्रा जी के गाने, जिनके बोल दोनों को याद नहीं थे।

"तुम्हारा क्या दिन निकल जाता है कैपिटलिस्ट विचारों को बुरा बोले", उसने फिर पूछा।

"अब अगर हर किसी समस्या की वजह रूढ़िवादी सोच या कैपिटलिज़्म है तो इसकी बात करनी पड़ेगी। और घृणा को घृणा ही बोला जाता है प्यार नहीं। सच से भागना हमें एक बेहतर इनसान नहीं बनाता।" उसने ग़ुस्से में कहा और तेज़ी से आगे चलने लगी। फिर कुछ दूर जाते ही रुकी और बोली, "वो आख़िरी लाइन मेरी नहीं, मंटो की है शायद।"

उसने पीछे मुँह फेरते हुए कहा कि "ऐसी सोच से सिर्फ़ डिप्रेशन होता है और कुछ नहीं। मगर ये विचार बहुत लोगों से अलग हैं। इन विचारों के साथ जी लेना मुश्किल है, मगर कहीं न कहीं ये विचार ही तो आपकी ताक़त होते हैं।"

आज का दिन और दिनों से थोड़ा अलग है। आज दोनों को पता है कि कहाँ जा रहे हैं। आज उसने बोला नहीं था कि इतना चलना होगा, मगर कहीं बैठकर खाने के बाद यह प्लान बना और दोनों चल दिए। उसने कुछ देर चलने के साथ यह जाना कि आज वह जूते नहीं, चप्पल पहनकर आया है, मगर बहुत देर हो चुकी थी।

अमूमन बातें करने वाले दोनों लोग आज कुछ शान्त से हैं। आज शायद बात करने को कुछ था नहीं, मगर फिर भी साथ रहना है। हर दो इनसान के बीच का रिश्ता ज़रूरी नहीं की प्यार

का होगा, वह बस 'हो' भी सकता है। कुछ दूर चलने के बाद उसके पैरों में दर्द शुरू हो गया। "बस आ ही गया" उसने उसकी तरफ़ देखते हुए कहा।

उसने अपने दर्द के बारे में न सोचते हुए कहा, "एक बार के लिए तुम्हारे कैपिटलिज़्म के ख़िलाफ़ डर समझ भी लूँ, पर फिर कोई किसी को कैसे बताए कि दूसरा इनसान कितना ज़रूरी है? ये तो तोहफ़ा देने से ही ज़ाहिर होता है ना?"

उसने मुड़कर उसकी तरफ़ देखा और आगे चलने लगी। तब तक वो दोनों लोग पार्क के अन्दर आ चुके थे। अब दोनों पार्क की ढलान वाली जगह पर बैठकर आसमान को निहारने लगे हैं। उसने आराम से अपनी चप्पल उतारी और घास पर चलने लगा।

"आइंसटीन ने कहा है कि टाइम रिलेटिव होता है। मुझे सड़क के बीच खड़े होकर ऐसा लगता है मैं रुकी हुई हूँ और ये दुनिया सब तेज़ भागी जा रही है। यहाँ बैठकर कुछ और अनुभव होता है। वहाँ तो बस देख रहे होते हैं चीज़ों को, यहाँ महसूस कर सकते हैं।" उसने क्यारी में बहते हुए पानी को देखते हुए यह बात कही।

उसने एक गहरी साँस ली और शान्ति से घास पर लेट गया। उसने सोचा कि इस सवाल का कोई मतलब नहीं है। बिना कोई चीज़ दिए, इज़हार-ए-दिल मुश्किल है। इस सोच के साथ वो हेमंत कुमार का 'न तुम हमें जानो, न हम तुम्हें जानें' गुनगुनाने लगा।

वो अभी भी डूबते हुए सूरज को घूर रही है, फिर कुछ देर सोचते हुए बोली, "तुम जो हर बार मेरे साथ यहाँ सन-सेट देखने आ जाते हो ना, या घंटों-घंटों चलते रहते हो, ये तोहफ़ा पसन्द है मुझे। तुम्हारा समय, जो तुमने मुझे पूरा दे दिया है।"

दोनों अपनी-अपनी जगह पर बस ठहर से गए हैं, दोनों ने अपनी-अपनी जगह से हिलना ज़रूरी नहीं समझा। वो ज़रूर मुस्कुराने लगा और गाने के बोल उस मुस्कुराहट में कहीं छिप गए।

"वैसे तुम्हारे नाम का मतलब क्या होता है?" उसने दूर डूबते हुए सूरज की तरफ़ देखते हुए पूछा।

# इन्तज़ार

# इन्तज़ार

◈ **भावना श्रीवास्तव**

शाम के 4:00 बज चुके थे। लड़की के घर के ठीक सामने एक तिराहा पड़ता था। एक सड़क पूरब दिशा में जाती थी, और एक सड़क उत्तर दिशा में जाती थी, और पश्चिम दिशा की तरफ़ लड़की का घर पड़ता था, एक सड़क उसके घर के ठीक बग़ल से गुज़रती थी। शाम के 4:00 बजे उत्तर दिशा की सड़क से होता हुआ एक लड़का आता और लड़की के बग़ल से गुज़रने वाली सड़क से होकर चला जाता। ऐसा प्रतिदिन ही होता। जिस तरह सूरज का पश्चिम में निकलना निश्चित था। दिन का ढलना निश्चित था। शाम के 4:00 बजना निश्चित था। शाम को माँ का चाय बनाना निश्चित था। बहुत सारे कार्य जो नियमित रूप से होते हैं या जिनका होना एकदम निश्चित होता है ठीक वैसे ही उसका 4:00 बजे शाम को उस सड़क से गुज़रना निश्चित होता था।

लड़की उसका इन्तज़ार नहीं करती थी। लेकिन शाम को 4:00 बजे लड़का सड़क से ना गुज़रे तो सड़क सूनी लगती थी।

लड़की की नज़र सड़क पर ही टिकी रहती थी। उसका मन बेचैन रहता था। बड़ी उलझन में रहती थी। जैसे ही वह सड़क से गुज़र जाता था। उसकी सारी परेशानी भी ख़त्म हो जाती थी। जैसे किसी चीज़ की लत लग जाए जब तक वह न मिले चैन नहीं मिलता, वैसे ही लड़के को लड़की के घर के बग़ल से गुज़रने की, और लड़की को उसे गुज़रते हुए देखने की लत लगी थी।

लड़की के घर के बाहर एक बड़ा नीम का पेड़ था जो उसका हमजोली था। लेकिन अब उसकी दोस्ती लड़की के साथ हो गई थी। घड़ी में ठीक 4:00 बजते ही उसे उसके सारे काम ख़ुद ब ख़ुद छोड़ दिया करते थे। बाहर नीम का पेड़ और उसका चबूतरा बार-बार लड़की को आवाज़ें देने लगते थे।

नीम से थोड़ी दूर एक गुलाब का पौधा भी था जो सड़क से थोड़ी दूरी पर था। लड़का सड़क पर गुज़रते हुए फूलों को सहलाकर जाता शायद लड़की के लिए कोई सन्देश होता था। उसके जाने के बाद लड़की जाकर फूलों को सहला लेती। लड़की को लड़के का और लड़के को लड़की का प्यार मिल जाता।

लड़की ख़ुद को रोकती थी और नहीं जाना चाहती फिर भी जाती थी। शायद शाम के 4:00 बजते ही इसलिए थे कि दो नैना चार हो जाए। इसके अलावा कुछ सरोकार नहीं था, कसमें वादे प्यार नहीं था, या शायद था भी। लड़का गुज़रता था कि जब कभी भविष्य में लड़की अतीत की गलियों से होकर गुज़रे तो लड़के की याद उसे एक शर्मीली झपकी दे, जब कभी वह अकेली हो तो अधखिली सी, दबी-दबी-सी मुस्कान से वह अपना अकेलापन दूर कर सके।

लड़का ख़ूबसूरत नौजवान था। अमीर घराने से ताल्लुक रखता था। उसके घर नौकर-चाकर थे। उसके पास अपनी बाइक भी थी। लेकिन लड़का अपने गाँव से लड़की के गाँव तक जो

लगभग 3 किलोमीटर की दूरी थी पैदल चला करता था। कभी-कभार साइकिल से भी आता था। न जाने लड़की के गाँव आने के लिए, हर रोज़ वह क्या बहाना बनाता होगा? क्या वजह बताता होगा...? जब उसके गाँव वाले या लड़की के गाँव वाले उससे पूछते होंगे। कुछ दिलचस्प सा जवाब देता होगा या मुस्कुराकर टाल देता होगा। ऐसे सवाल कभी लड़की के मन में नहीं आए और उसने पूछा भी नहीं, लड़के ने बताया भी नहीं।

एक दिन लड़की के मन में लड़के को परखने की इच्छा हुई वास्तव में वह किसी काम से आता है या सच में उससे मिलने आता है। शाम के 4:00 बजने वाले थे। लड़की परदे की ओट में खड़ी हो गई थी। लड़का साइकिल से था। आँखों में चाहत घोले, दीद की बेकरारी लिए एक रोमांटिक सा गीत गुनगुनाते हुए चला आ रहा था। लड़की के घर के बग़ल से गुज़र रहा था, लड़की नहीं दिखी। आगे वह चलता जाता, और पीछे पलटकर देखता जाता। लड़की ख़ुद को रोक नहीं पाई और परदे की ओट से बाहर आ गई। लड़की को देखकर उसे देखता ही रह गया सामने गड्ढा था। लड़का साइकिल सहित गड्ढे में गिर गया। सड़क पर जा रहे कुछ लोगों ने उसे गड्ढे से बाहर निकाला उसकी साइकिल उठाई उसकी सहायता की। फिर वह आगे की ओर चलता हुआ पीछे देख रहा था। किसी ने कहा अभी तो गिरे हो सामने देखकर चलो नहीं तो फिर गिर जाओगे।

यह सिलसिला बहुत दिनों तक चलता रहा। फिर अचानक 3 दिन तक लड़का नहीं आया। लड़की हर शाम इन्तज़ार करती और फिर मायूस हो जाती। चौथे दिन लड़का जब आया, लड़की ने जैसे उससे आँखों से शिकायत की कि इतने दिन क्यों नहीं आए। लड़के ने लड़की की आँखें पढ़ लीं। लड़के का दोस्त भी उसके साथ था उसने यूँ ही कहा... दवा टाइम पर खाते रहना,

नहीं तो जल्दी ठीक नहीं हो पाओगे। लड़की समझ गई कि उसकी तबीयत ठीक नहीं है। गुलाब के पौधे के पास गई, और फूल को सहलाया और घर के भीतर चली गई। लड़का वापस आया उसने फूल को चूमा और चला गया। यूँ ही न जाने कितने दिन बीत गए।

एक शाम जब लड़का सड़क से गुज़रा गुलाब के पौधे के पास रखा हुआ शादी का कार्ड देखा। आसपास कोई न था लड़के ने कार्ड उठाया और तारीख देखी। आज से कुल 15 दिन उसकी शादी में बचे थे। फिर भी लड़का हर रोज़ उसी तरह ठीक शाम 4:00 बजे सड़क से गुज़रता और लड़की हर रोज़ उसे देखती। लड़की की शादी के एक दिन पहले लड़का शाम को आया गुलाब के पौधे से एक गुलाब तोड़ा और पौधे के पास रख दिया। जिधर से रोज़ जाता था उस रास्ते नहीं गया बल्कि जिस रास्ते से वह आता था उसी रास्ते पर वापस लौट गया। कभी न लौटने के लिए, सड़क सदा के लिए सूनी हो गई। अपनी विदाई से पहले लड़की ने एक दूसरा गुलाब तोड़ा और लड़के के गुलाब के साथ रख दिया। और दूल्हे के साथ विदा हो गई।

एक मासूम प्रेम कहानी के दो गुलाब, गुलाब के पौधे के पास ख़ाक हो गए। पौधे पर और नए फूल खिलेंगे और किसी दूसरी नई प्रेम कहानी के गवाह बनेंगे।

# प्रेम

# प्रेम

**◈ अभय पाण्डेय**

आज बहुत दिनों बाद दोनों का मिलना हुआ है। फ़ोन पर तो अक्सर बातें हो जाती हैं। लेकिन छोटा शहर होने के कारण उनका मिलना नहीं हो पाता था। लड़की को हमेशा ये डर रहता है कि ऐसे बार-बार मिलने से उन्हें कोई देख लेगा। इसीलिए जब वे मिलते हैं, तो लड़की हमेशा अपना चेहरा ढककर रखती है। छोटे शहर में अपने प्रेम को छुपाकर रखना, साँस लेने जितना ही ज़रूरी होता है।

लड़का तय समय से पहले ही पहुँच गया था। आते वक़्त उसने लड़की के लिए चॉकलेट भी ख़रीदी है। व्याकुलता प्रकाश की गति से उसके मन में दौड़ रही है। उसमें आज कुछ खोया हुआ मिल जाने जैसी ख़ुशी है।

लड़की ने आज वही पीले रंग का सलवार सूट पहना है, जो उसके जन्मदिन पर लड़के ने उसे दिया था। आने से पहले लड़की ने लड़के से पूछा भी था कि क्या पहनकर आऊँ। लड़के ने जवाब

में 'जो मन हो पहन लेना, तुम पर तो सब अच्छा लगता है,' कह दिया था।

वे दोनों सरयू नदी के किनारे बैठे हैं। कुछ ही देर में सूर्यास्त होने वाला है। लड़का, लड़की का हाथ पकड़ना चाहता है लेकिन वो उसे ऐसा करने से मना करती है। लड़की मुस्कुराकर कहती है कि उसे ऐसे हाथ पकड़ने में शर्म आती है। जबकि लड़का इस बात को अच्छे से समझ रहा है कि ये शर्म नहीं डर है, समाज का। हमारे समाज में लड़का-लड़की का, यूँ हाथ पकड़ना बेशरम होने का पर्याय है।

शाम की सरयू आरती शुरू हो गई है। वे दोनों दूर से ही आरती देखते हैं। भीड़ में जाने से उनकी चोरी पकड़े जाने का ख़तरा है। सब कुछ कितना सुन्दर लग रहा है ना, लड़की कहती है। लड़का, उसको देखते हुए सिर्फ़ हाँ में जवाब देता है। आरती पूरी होने के बाद लड़की जाने के लिए कहती है। लड़का चुप रहता है। लड़की उसे लगातार देख रही है। लड़का, उससे नज़रें हटाकर शून्य में कहीं देखने लगता है।

जाते हुए लड़की ने लड़के से पूछा कि "तुम मुझसे कितना प्रेम करते हो?" लड़का शून्य से नज़रें हटाकर लड़की को देखने लगता है। वो जवाब सोच ही रहा होता है कि लड़की जाने के लिए मुड़ जाती है। तभी लड़का पीछे से जवाब देता है, "जितना प्रेम, प्रेम शब्द में होता है, ठीक उतना।"

# बोझा

# बोसा

**◈ अजय यादव**

"कल जन्मदिन है मेरा, आप क्या विशेष उपहार मुझे देने वाली है?"

"बोसा!"

"बोसा", आँखों से उनकी नज़रों में झाँककर मैंने आश्चर्य भाव से पूछा।

"आज तक मैंने आपसे बस हाथों में हाथ रखकर ही बातें की है। इस मोबाइल वाले ज़माने में अक्सर चिट्ठियाँ भेजकर ही हमने अपने दिल की धड़कनें साझा की हैं। वैसे भी मुझे आपका माथा भी बंधन में बँधने के बाद ही चूमना है।"

"इतने नहीं सोचते मेरे प्रियतम! बात तो ज़ुबान से निकल चुकी है, और मैं चाहती हूँ ऐसे ख़ास दिन पर अपनी बात को जाया ना करूँ। लेकिन हाँ कल घर आइएगा तभी आपको प्रेम का बोसा मिलेगा।"

अगले दिन शाम को घर से निकलते ही, कुछ दूर चलते

ही, रास्ते में यही सोचता रहा, कहीं बोसा के बहाने वो मुझे आश्चर्यचकित तो नहीं करने वाली है। कितनी बार उन्होंने मुझे माँ से मिलाने की कोशिश है, हो सकता है सोचा होगा, उनसे मिलवाने का ये अच्छा अवसर है। लेकिन फिर ये बोसा वाली बात दिमाग़ में आ गई। बोसा-बोसा इतनी बार गूँजा कि कब उनके घर के सामने था, पता ही नहीं चला।

वो सामने दरवाज़े पर ही थीं, मानो सुबह से ही मेरा इन्तज़ार किया जा रहा हो। शुभकामना देते हुए मुझे घर के अन्दर ले गई। यहाँ माँ के साथ-साथ पिताजी भी बैठे हुए थे। गर्दन से छूटते पसीने ने बस ये याद दिलाया कि नमस्ते किया जाए। मैं उनका आशीर्वाद लेकर कुर्सी पर बैठ गया।

उनकी सहेली ने चाय का प्याला लाकर मेरे सामने रख दिया। और झुकते हुए अन्तराल के मध्य ही कहा कि चाय की तह तक हौले-हौले...इतना ही कहा और हँस के चली गई।

प्याले को ध्यान से देखा तो लगा कि चाय की चुस्की से उन्होंने सहेली के हाथों पैगाम भिजवाया था। उनके अधरों के निशां ऊपरी सतह पर मेरे लबों से गुफ़्तगू करने का इन्तज़ार कर रहे थे। पहली बार मेरे होंठ काँप रहे थे। मैंने पढ़ा था चूमते वक़्त आँखें खुली रखना प्रेम में किया जाने वाला प्यारा संगीन अपराध है। मैंने आँखें बन्द कीं और नर्म होंठों से पहली चुस्की ली। मुझे इतनी मिठास कभी महसूस ही नहीं हुई थी। ऐसा लगा मानो अन्तर्मन को उनकी रूह ने छुआ हो। उन्होंने उपहारस्वरूप मुझे प्रेम का बोसा दे दिया था। मैंने दूसरी चुस्की लेने से पहले उनकी तरफ़ देखा, वो पास खड़ी मंद-मंद मुस्करा रही थीं।

# एवड़ी

# रबड़ी

◈ उत्कर्ष वर्धन द्विवेदी

गर्मी की छुट्टियों की शाम होती और गंगाजी पर बसे शहर होने के कारण शालीनता से चलती शीतल हवा। जो शाम का हमारा इश्क़ होता वो थी रबड़ी जो गरमागरम कढ़ाई से ठीक हमारे सामने निकाली जाए और फिर मात्र पाँच रुपये में प्रस्तुत कर दी जाए।

रबड़ी इश्क़ थी और कृतिका मोहब्बत। इश्क़ के ठीक अपोजिट में मोहब्बत का बारजा हुआ करता था। बहुत ही छोटी सी थी कृतिका पर अदाएँ मधुबाला से कम नहीं। उसके बाल घुटने के पीछे वाले हिस्से तक पहुँच जाते होंगे शायद। शायद... इसलिए कि बारजे की दीवार से वो एक-तिहाई छुप जाती थी। शाम को जब मैं वहाँ पहुँचता वो वहीं हुआ करती थी। उसके साथ मगर हर समय कोई न कोई होता था। कभी उसके पिताजी समान पुरुष, माताजी समान महिला तो कभी बच्चा सा भाई।

मेरी हल्की सी मूँछ के रोएँ दिखने लगे थे और सुन्दरता-

ए-हुस्न को सराहने की क्षमता आ गई थी। तो बस मोहब्बत हो गई। मोहब्बत में न जाने क्यों हम सब अपने आप को मैच्योर साबित करने में लग जाते हैं। इसी शृंखला में मुझे अपनी हाफ़ पैंट से नफ़रत होने लगी जो मेरी माँ की पसन्द हुआ करती थी। हर दिन फुल पैंट की ज़िद में माँ से दो चाँटे उपहार में मिलते थे।

तो हाफ़ पैंट से इम्प्रेस करने में संकोच था इसलिए कृतिका को आड़ से रबड़ी का स्वाद लेते हुए देखता था। अक्सर जब भी उसे देखता, उसके बाल गीले व खुले हुए होते थे और वो कलम मुँह में डाले अपने ठीक सामने बिजली के तारों के जंगल को निहारती रहती थी। बग़ल में अख़बार पढ़ता हुआ कोई अदृश्य सा आदमी नज़र आता।

उसका नाम अब कृतिका ही था, ये पता नहीं पर उसके घर का नाम कृतिका-सदन ज़रूर था इसलिए वो कृतिका ही थी।

उन तारों की आड़ को मैं अपना घूँघट बना लेता जिसमें से मैं उसे पूरा एक साथ कभी नहीं देख पाता। कभी आँखें, कभी गाल, कभी होंठ। रबड़ी का स्वाद जीभ पर और कृतिका का स्वाद मन में। इसी में जो कभी बारिश हो जाया करती तो मौसम में मैं बहक जाता और घूँघट से बाहर आ सड़क पर झूमने लगता।

बिंदास था मैं तब, अब नहीं... अब तो सिर्फ़ बन्द कमरे में अँधेरे में छिपकर नाच पाता हूँ। जब भी मैं अपने परदे से बाहर आता, वो परदे के अन्दर चली जाती क्योंकि बारिश में बारजा भीगने लगता।

एक ख़ास बात थी उसमें। कभी-कभी ही वो कलम लेकर बालकनी में आया करती थी और जैसे ही पहली लाइन अपनी नोटबुक पर लिखने जाती वैसे ही बारिश होने लगती। यानी कि

जिस दिन उसके हाथ में कलम होती उस दिन बरसात होती थी। वो शायद मल्हार राग थी।

दिन बीतते रहे, छुट्टी उम्रदराज़ होती रही फिर मैं जब गर्मी की छुट्टी के आख़िरी दिन रबड़ी खाने निकल रहा था, माँ ने मेरे फुल पैंट के सपने को साकार कर दिया। उसे पहनते ही मैं ऐसे ख़ुश हुआ जैसे कि मेरी मोहब्बत अब मुकम्मल हो जाने वाली थी। मैं इतना ख़ुश था कि बिना पैसे लिए ही सड़क पर दौड़ पड़ा। उस दिन ऐसा लग रहा था मानो रबड़ी मेरे ख़ून में दौड़ रही हो।

जब मैं वहाँ पहुँचा तो रबड़ी उस दिन हलवाई की लापरवाही से जल गई थी। मन में कुछ हरारत-सी हो गई। निराशा से जब मैंने पीछे मुड़कर बारजे पर झाँका, कोई नहीं था। कृतिका-सदन पर ताला लगा हुआ था। जैसे ही मैच्योर हुआ, मोहब्बत गायब हो गई।

वैसी रबड़ी का स्वाद आज तक फिर कभी कितनी ही बड़ी दुकानों में खाकर भी नहीं आया। शायद उस स्वाद के साथ मोहब्बत का स्वाद भी जुड़ जाता होगा।

आज भी जब बादल छाते हैं तो मुझे लगता है कि वो कहीं पहली लाइन लिखने वाली होगी। उसकी पहली लाइन से पहले ही मैं निक्कर सरीखा बरमूदा पहन निकल पड़ता हूँ रबड़ी खाने के लिए।

# लास्ट सीन

# लास्ट सीन

## ◈ पूर्णिमा वत्स

दुनिया की हर समस्या इस लास्ट सीन से जुड़ी होती है। प्रेम का अन्त हो या प्रेम की शुरुआत सभी एक-दूसरे का लास्ट सीन देखकर सोते-जागते हैं। कभी-कभी ये लास्ट सीन ब्रेकअप के बाद दिए जाने वाले हज़ारों तानों और गालियों में तब्दील हो जाता है। दो प्रेमियों में से कौन आगे बढ़ गया है, कौन वापस लौटने की आस लिए बैठा है के बीच एक लास्ट सीन हमेशा काम करता है। रात के ठीक तीन बजे थे। विजय ने फ़ोन उठाया तो सबसे पहले प्रभा का नाम टाइप किया। प्रभा का नाम देखते ही उसकी मुस्कुराती हुई तस्वीर उसे दिखाई दी। फिर उसने इनबॉक्स खोलकर प्रभा का लास्ट सीन चेक किया। ठीक एक मिनट पहले तक वह वाट्सएप पर थी, माने जगी हुई थी। विजय को कुछ कुढ़न हुई। कितने दिन वह प्रभा से कहता रहा कि रात में बात किया करेंगे पर वह थी कि हर बार ब्यूटी स्लिप का बहाना बनाकर जल्दी सो जाती। जल्दी सो जाती कि सिर्फ़ सोने

का बहाना करती? उसने मन ही मन सोचा और उसकी कुढ़न हज़ार गुना बढ़ गई। प्यार में प्यार से ज़्यादा जलन काम करती है, ख़ासकर तब जब आपके बीच एक दूरी आ गई हो। विजय और प्रभा को बात किए पूरे तीस दिन हो चुके थे। जो शायद यह बताने के लिए काफ़ी थे कि उनके बीच अब कुछ नहीं रहा है, या शायद कुछ भी नहीं था। विजय ने लास्ट सीन देखकर फ़ोन फेंक दिया था और अपना मुँह तकिये में दबा लिया था। लड़के जब रोते हैं तो किसी के सामने रोए न रोए, पर तकिये के सामने ज़रूर रोते हैं। विजय को समझ नहीं आ रहा था कि आख़िर वह रो क्यों रहा है। कुछ देर सिसकी भरने के बाद वह सो गया था। अब कमरे में सिर्फ़ पंखे की आवाज़ गूँज रही थी। सुबह के क़रीब दस बजे जब माँ कमरे में आई तो उनकी नज़र विजय के फ़ोन पर गई। फ़ोन की स्क्रीन अब भी ऑन थी, जिस पर जानू लिखा था और एक लड़की की तस्वीर लगी थी। लास्ट सीन रात चार बजे। माँ ने समझ लिया था कि हो न हो ये जानू जो भी है, विजय उससे बात कर रात को ही सोया है। इसलिए उन्होंने उसे न जगाना ही बेहतर समझा और वापस लौट गई। माँओं के साथ परेशानी यही है कि वे जानती सब हैं पर ज़ाहिर कभी नहीं होने देतीं। विजय की माँ ने भी ठीक ऐसा ही कुछ किया था। विजय की आँख क़रीब-क़रीब ग्यारह बजे खुल गई थी। उसने आज कॉलेज न जाने की ठानी थी। जाता भी क्यों? पहले प्रभा होती तो उसका मन क्लास लेने का करता और बहुत देर तक दोनों कैम्पस में ही घूमा करते। लेकिन जब से दोनों की लड़ाई हुई थी दोनों ने बात करना बन्द कर दी थी। विजय की ईगो प्रभा से बड़ी थी और प्रभा की ईगो विजय से सौ गुनी। अपने आत्मसम्मान के

साथ समझौता किसी को कहाँ बर्दाश्त होता है। प्रभा की दोस्त ने उससे पूछा तो प्रभा ने यही जवाब दिया था कि विजय से प्यारा उसे उसका आत्मसम्मान है। हर बार आत्मसम्मान एक रिश्ते को ले डूबता है। आत्मसम्मान न हो गया नाव हो गई। विजय तय करने के बाद कॉलेज नहीं गया था। उसने घर पर क्लास जाने का बहाना बनाया और सीधे पब निकल गया। जब उसका मन कहीं नहीं लगता वह पब में जाकर बैठ जाता। नाचना उसे पसन्द था लेकिन हर किसी के साथ नहीं। कई बार वह बैठकर सिर्फ़ देखता। नए गानों पर थिरकते लड़के-लड़कियों में न जाने कितने अनजाने चेहरे उसे दिखाई दे जाते। कॉलेज के पहले दिन की पब पार्टी में प्रभा उसे मिली थी। हल्का बदन नीली शान्त आँखें और झूमती हुई वह उसे डांस फ्लोर पर खींच ले गई थी। "क्या अजीब लड़की है, न जान न पहचान" प्रभा की बेबाक़ी देखकर उसे ताज्जुब हुआ था। वह शहर जहाँ लड़कियों का दुपट्टा सरक जाए तो अच्छा-खासा बवाल मच जाता है वहाँ प्रभा का होना किसी क्रान्ति से कम नहीं था। हाँ पब में आई लड़कियाँ यहाँ अपने मन के कपड़े ज़रूर पहनती थीं। लेकिन ज़्यादातर घर जाने से पहले सूट-कमीज़ पर लौट आती थीं। प्रभा विजय के साथ बहुत देर तक नाचती रही और फिर उसने अपना नाम बताया–"मैं प्रभा कॉलेज यूनियन की हेड! तुम विजय हो और राजनीति में तुम्हारी दिलचस्पी है। हमारे साथ रहोगे तो फ़ायदे में रहोगे।" कहते हुए वह अपने दोस्तों के साथ निकल गई। उसने न अपने कपड़े बदले न ही किसी तरह का कोई बदलाव पब के बाहर जाने पर उसमें दिखाई दिया। विजय ने कभी ऐसे किसी को नहीं देखा था। उसकी आँखों में आई यह पहली ही लड़की थी। विजय ने अपना ध्यान हटाया ही था कि वेटर ने उससे आकर पूछा–"सर

कुछ लेंगे?” विजय ने न में सिर हिलाया और बाहर चला गया। बाहर जाते हुए उसे अजीब-सा लगा। उसने बाइक कॉलेज की ओर मोड़ दी थी।

प्रभा, अब वह प्रभा नहीं रह गई थी अल्हड़ और मदमस्त, किसी की परवाह न करने वाली। उसके पापा के जाने के बाद उसमें बहुत बदलाव आ गए थे ये बात विजय ने नोटिस की थी। अब वह न पब जाती थी न अपनी पसन्द के शौक़िया कपड़े ही पहनती थी। विजय ने कितनी ही बार उससे कहना चाहा कि मैं हूँ न पर उसके होने का भरोसा उसे कभी नहीं हो सका था। जब तक पिता का हाथ लड़कियों के सिर पर होता है वे हमेशा मज़बूत बनी रहती हैं। पर पिता का न होना एक डर को पैदा ही नहीं करता बल्कि बढ़ा भी देता है। प्रभा अब ख़ामोश रहने लगी थी।

उसने विजय से बात करना लगभग छोड़ दिया था। दोनों मिलते तो दोनों के बीच रूखी-सूखी बातें होतीं और दोनों लौट जाते। समय भले ही न बदले पर प्यार में एक समय ऐसा आता है जब शब्द बदलने लगते हैं। विजय ने सोचा और सोचते हुए वह कॉलेज के गेट पर आ खड़ा हुआ था। उसने बाइक एक तरफ़ लगाई और प्रभा के पास क्लास की ओर बढ़ गया। प्रभा क्लास में एक खिड़की की ओर बैठी हुई थी। जियोग्राफ़ी की क्लास थी वह। क्लास ख़त्म हुई तो विजय ने प्रभा का हाथ कसकर पकड़ लिया। दोनों एक दूसरे के बेहद क़रीब आ गए थे। “क्या करना है प्रभा इतने दिन से एक भी शब्द नहीं?” प्रभा को अब ये हाथ वैसे नहीं लग रहे थे जैसे तीन साल पहले थे। विजय उदास प्रभा की आँखों में देख रहा था।

प्रभा ने हाथ झटकते हुए विजय की ओर देखा और कहा, “अनिकेत और मैं साथ हैं विजय!” विजय को विश्वास ही नहीं हो

रहा था कि उसका सबसे क़रीबी दोस्त और उसकी प्रेमिका। बहुत देर वह प्रभा को देखता रहा फिर उसने कुछ ही शब्द सुने, “पापा हमारी शादी!” प्रभा बहुत कुछ कहकर जा चुकी थी। विजय अब भी क्लास के डेस्क पर बैठ अपने आसपास देख रहा था। चीज़ें उतनी तेज़ी से नहीं बदलतीं, जितनी तेज़ी से वक़्त बदलता है उसने सोचा और उसके सामने हँसती हुई मस्त प्रभा दौड़ गई। विजय ने अपना फ़ोन निकालकर व्हाट्सएप खोला उसमें अभी भी प्रभा का लास्ट सीन दो मिनट पहले दिखा रहा था। विजय ने अनिकेत का नाम टाइप किया और लास्ट सीन की ओर देखा वह अभी भी ऑनलाइन था। विजय ने हमेशा के लिए व्हाट्सएप बन्द कर दिया। उसके दोस्त अक्सर उसे फ़ोन कर उसका लास्ट सीन पूछते हैं कोई नहीं जानता वह आख़िरी बार वहाँ किसके साथ था। विजय अब भी कभी-कभी उस डेस्क पर बैठता है, जहाँ वह प्रभा से आख़िरी बार मिला था और उस पब में जाता है जहाँ पहली बार उसने प्रभा को देखा था।

# कमरा नम्बर 19

# क़मरा नम्बर 19

**◈ अहमर ख़ान**

हॉस्टल की दीवार में बाईं ओर एक खिड़की थी। खिड़की से झाँकने पर पड़ोस के कमरे में रखी हर एक चीज़ साफ़-साफ़ दिख जाती। दाईं ओर रखा लैम्प और रात में उससे आने वाली पीली रोशनी, अतुल के कमरे में फैलती तो वहाँ भी उजाला रहता। कमरे की भारी लाइट नहीं जलानी पड़ती और बिजली का बिल भी कम आता। इससे उसे काफ़ी फ़ायदा हो जाता। बग़ल वाले कमरे में लोग आते-जाते रहते। लेकिन वह अपनी मेहनत के बल पर हॉस्टल में ही टिका रहा। एक साल, फिर दो साल और अब तो गनीमत है कि रहते हुए ठीक पाँचवाँ साल लग गया है। पूरे हॉस्टल में सब बदले सिवाय अतुल और उसके कमरे के। वॉर्डन के बाद इस हॉस्टल में वही सिर्फ़ स्थायी रहा। इस बात का मज़ाक़ उसके पास वाले अक्सर उड़ाते। लेकिन उसने कभी भी इन बातों को दिल पर नहीं लिया। लेता भी क्यों? यह तो उसके लिए शान और रुतबे की बात थी कि वह पूरे हॉस्टल में इकलौता है, जिसे

कमरे और नम्बर दोनों की मारा-मारी नहीं झेलनी पड़ी। नहीं तो बाक़ी लड़कों का जीवन किसी ने कहाँ देखा है। ये जो दो फुट के लौंड़े आज ज़ुबान लम्बी करके उसके बारे में बकते फिरते हैं, उन्हें कमरा नहीं मिलता अगर अतुल ज़ोर नहीं लगाता। अरे ये दूधमुँहे प्यादे क्या जानें मंत्री क्या चाल चलकर खेल बदल देता है। एक तरह से अतुल इस हॉस्टल का मंत्री ही था। यह और बात है कि न तो वह कभी चुनाव में खड़ा हुआ और न ही उसने कोई पद हासिल किया। लेकिन अपने सेवादारों को वह ज़रूर जितवा देता और कोई न कोई पद दिला ही देता।

हॉस्टल में उसका अपना रुतबा था। वार्डन से उसकी अच्छी पहचान हो ही गई थी। इस बार साल ख़त्म होने वाला है और परीक्षाओं के बाद वह फिर कहीं किसी दूसरी जगह जाने की तैयारी में लग जाएगा। उसने सोचा नहीं था कि जीवन में कभी उसे हॉस्टल छोड़ना भी होगा। हॉस्टलर की ज़िन्दगी जीते हर व्यक्ति के जीवन में एक पल ऐसा भी आता है जब आप सिर्फ़ हॉस्टलर बन जाते हो, न घर के रहते और न हॉस्टल के। कुछ दिन में अतुल के साथ भी शायद यही होने वाला है। कितने जतन से उसने हर एक चीज़ को करीने से जँचाया था। समय-समय पर एक-एक चीज़ जमा की थी इस जगह को घर जैसा बनाने के लिए। कल आख़िरी पेपर है उसके बाद कहाँ का सवाल अभी तक अटका हुआ था। इस बार अगर टॉप नहीं किया तो हॉस्टल नहीं मिलेगा की आशंका भी उसे घेरे हुए थी। हर एक को हॉस्टल कहाँ मिल पाता है। फिर विश्वविद्यालय की स्थिति किसी से छुपी नहीं थी। एक से एक बड़े चापलूस भरे हुए थे। अतुल जानता था

कि अगर वह किसी दिन किसी के घर सब्ज़ी से भरा थैला पहुँचा दे तो शायद बात बन सकती है। लेकिन स्वाभिमान नाम की एक चीज़ उसमें हमेशा से मौजूद थी। जिससे पीछे हटने के उसके आसार किसी को दिखाई नहीं दे रहे थे। आख़िरी पेपर देकर सब पार्टी करने चले गए थे।

अतुल को गहरी अनिच्छा ने घेरा हुआ था। वह पेपर देकर सीधा क्लास से कमरे में निकल आया था। कमरे में हर तरफ़ किताबें फैली थीं। अक्सर इम्तेहान के समय ऐसा ही होता था, वह किताबें फ़र्श पर फैला देता और लम्बे समय तक उन्हें पढ़ता रहता। फिर जब पेपर ख़त्म हो जाते वह आराम से उन्हें समेट लेता। पर इस बार किताबें हमेशा के लिए समेटी जानी थीं। अतुल जानता था कि इस बार वह फ़र्स्ट नहीं आ सकेगा और फ़र्स्ट न आने पर उसे कमरा भी नहीं मिल पाएगा। इधर अतुल को आगे की चिन्ता सता रही थी, उधर नए एडमिशन चालू हो गए थे। कुछ नए स्टूडेंट्स को नया कमरा दिया जा चुका था, तो कुछ ने कमरा छोड़ भी दिया था। अतुल के साथ वाले कमरे में प्रदीप कमरा छोड़कर आज मुखर्जी नगर शिफ़्ट कर रहा था। कुछ देर की शान्ति के बाद उसने कमरा खटखटाया और अतुल से पूछा, "भैया आप चाहें तो मेरे साथ रूम शेयर कर सकते हैं! मैं पता आपको भेज दूँगा। आज जा रहा हूँ। सुना है कल से कोई फ़िलॉसफ़ी का स्टूडेंट आएगा। आप ख़याल रखिएगा।" कहकर प्रदीप जा चुका था। उसके जाने के बाद अतुल का मन कुछ टूटने को हुआ। उसने फिर अपने कमरे को ग़ौर से देखा जैसे पहली बार देख रहा हो। कोने में सिमटी अलमारी, अलमारी के बग़ल

में एक खिड़की और खिड़की पर टँगा एक परदा जो वह कितनी मेहनत और चाव से खरीद लाया था। धरती पर फैली किताबों के बीच उसे एक किताब दिखाई दी, उसका ध्यान किताब में लग गया। पढ़ते-पढ़ते उसे नींद आ गई। शाम उसकी आँख खुली तो उसे याद आया कि कमरे में किताबें अभी भी फैली ही हुई हैं। उसने किताबों को करीने से रखने की सोची फिर उसकी नज़र अलमारी पर रखे बैग पर गई। उसने धूल सना बैग झट से नीचे उतार लिया। बैग की ऊपरी चेन पर कमरा नम्बर 19 लिखा था। बहुत दिन इस्तेमाल न होने के कारण उसकी चेन अटक गई थी। अटकी हुई चेन को उसने तेज़ी से झटका दिया, जिसके कारण वह टूटकर हाथ में आ गई। चीज़ों की अपनी कोई क़िस्मत नहीं, वे जब चाहे टूट सकती हैं या बदल उसने सोचा और फिर बैग को लेकर कमला नगर की ओर निकल गया। चेन ठीक करवाते हुए रात हो गई थी। वह बैग लेकर हॉस्टल लौटा तो उसे मालूम हुआ कि हॉस्टल में लड़ाई हो गई है। सब उसके कमरे के ठीक पहले यानी कमरा नम्बर 18 में हो रहा था। जब तक वह पहुँचा, तब तक जमकर गालियों की बौछार हो चुकी थी। अब बात हाथापाई पर उतर आई थी। वार्डन को ख़बर लगते वह भी भागती हुई आई और बात को सँभाला। दरअसल कमरा नम्बर 18 के लड़के को जाने के लिए कह दिया गया था, लेकिन उसने अपना सामान अभी तक पैक नहीं किया था।

न अभी तक उसने तय ही किया था कि उसे कहाँ जाना है। बात यही थी तय न कर पाने के कारण वह कमरा नहीं छोड़ रहा था। उससे पहले ही वॉर्डन ने कमरा एक बनारसी लड़के को अलॉट कर दिया था। लड़का बड़ा हट्टा-कट्टा था सो उसने रैगिंग के डर से पहले ही दिन आकर अपना हुनर दिखाने की सोच रखी होगी। यह अतुल ने अनुमान लगाया था।

क़मरा नम्बर 18 वाले अब सुलह करके एक ही कमरे में रह रहे थे। अतुल अब अपने कमरे में आ गया था। रूममेट पहले ही अपना सामान बाँधकर निकल गया था। कमरे में एक अजीब सी चुप्पी तैर रही थी। अतुल ने रैक से किताबें निकालीं और एक ओर बैग में जमा दीं। उसने तय किया कि किसी को रूम अलॉट होने से पहले ही वह कमरा छोड़ देगा। लेकिन जाएगा कहाँ? ब्रोकरों के बारे में वह पहले ही डरा हुआ था सो उसने प्रदीप को कॉल किया। उसने फ़ोन उठाया और पता बता दिया। "कल तक सारा सामान पैक हो जाएगा न?" उसने पूछा। अतुल ने अनमने मन से हामी दी। फ़ोन रखा जा चुका था। प्रदीप ने पता भेज दिया था॥ पता था 121-ए, मुखर्जी नगर, कमरा नम्बर 19, तीसरा फ़्लोर। कमरा नम्बर 19 देखकर अतुल की आँखें भर आईं उसे लगा जैसे किसी ने उसकी खोई हुई चीज़ वापस लौटा दी हो। जीवन में पहली बार उसे अक्षरों का महत्त्व समझ आ रहा था। गिनती का भावबोध भी होता यह गणित नहीं बताता लेकिन कुछ संख्याएँ और नाम जीवन में बेहद ख़ास हो जाते हैं। यह बात अतुल ने पहली ही बार जानी। रात के शोर के बाद एक चुप्पी थी। सुबह उसकी आँखें खुलीं, तो उसने सबसे पहले अपना रिज़ल्ट देखा। पास हुआ था और उसने फिर एक बार टॉप भी किया था। लैब से प्रिंट निकालकर वह सीधा वार्डन के पास गया। उसने जाकर तेज़ी में कहा, "क़मरा नम्बर 19 किसी और को अलॉट मत करिएगा मैम!"

मैम समझ रही थीं उसने टॉप किया है। लेकिन उन्होंने उसे समझाया कि वह अलॉट किया जा चुका है। अब उसे पीएच.डी. वाले हॉस्टल में शिफ़्ट होना होगा। जिसकी पहले मैरिट बनेगी

और एडमिशन लेना होगा। अतुल को ख़याल आया कि कमरे की चाह में वह यह सब कितनी जल्दी भूल गया था। हॉस्टल की अँधेरी गली से होकर वह कमरे में आया और अपना सामान उठाकर मुखर्जी नगर निकल गया। एक कमरा नम्बर 19 छूटा था, एक कमरा नम्बर 19 अभी भी उसे पनाह दे रहा था।

# तुम्हारे न होने से

# तुम्हारे न होने से

◈ सौम्या ज्योत्स्ना

काश कि हर सुबह वही ताज़गी महसूस होती, जो माँ की कोख से निकलकर महसूस हुई थी। काश कि रात में बहाए आँसू सुबह की रूमानी बूँदें बन जाते। यह काश का सिलसिला काश ख़त्म हो जाता।

कोहरे से ढकी सुबह ने दस्तक तो दे दी थी, मगर मेरी आँखों ने उठना क़बूल नहीं किया। कैसे करतीं क्योंकि इन्हें तो आदत ही तुम्हारे वॉयस मैसेज से जागने की है क्योंकि जब तुम रात को जल्दी चले जाते हो, तो सुबह मुझे अपनी आवाज़ से ऐसे ही उठाते हो। अब न तुम्हारी आवाज़ है और न तुम्हारा कॉल क्योंकि तुम चले गए हो, इन सबसे बहुत दूर। इतना सोचते-सोचते आख़िर अमृता की आँखों ने अपनी सीमा लाँघ दी और आँसू की बूँदें ढुलककर गाल पर ठहर गईं। सच बहुत मुश्किल होता है, आँसुओं को सँभालना क्योंकि जज्बातों की तरह इन्हें भी केवल बहना पसन्द है।

भारी मन से अमृता ने मोबाइल से नज़र फेरते हुए अपने क़दम पलंग से नीचे किए कि आँखें बिस्तर पर पड़े आदित्य के रूमाल पर पड़ीं। बुझे मन से जब उसे उठाकर देखा, तो फिर आँसुओं ने बहना शुरू कर दिया। रूमाल को आँखों से लगाते हुए अमृता का कलेजा फट-सा गया क्योंकि यही ख़ुशबू रात भर कंबल के अन्दर महसूस हुई है। "तुम नहीं हो आदि, तुम नहीं हो। जाते-जाते अपनी ख़ुशबू भी लेकर चले जाते क्यों छोड़ गए उसे इस तरह मेरे जिस्म में। अगर जाना ही था फिर नज़दीक क्यों आए तुम? अब तुम्हें कहाँ-कहाँ से अलग करूँ? इस जिस्म की महक से? बिस्तर की तहों से आती ख़ुशबू से? कमरे में तुम्हारे सजाए हुए सामानों से? बहुत मुश्किल है मेरे लिए आदि मगर तुम, तुम कैसे इतने पत्थर दिल बन गए? 'अमृता, तुम बहुत प्यारी हो, मैं हमेशा तुम्हारे साथ रहूँगा।' तुमने ही तो कहा था मगर कल तुम चले गए क्योंकि तुम्हें अब मुझमें प्यार नज़र नहीं आ रहा था। तुम्हारी नज़र से देखूँ तो मैं अब बदल गई थी। क्या बदलाव इतना बुरा होता है? मैंने बस ज़िन्दगी से तंग आकर कुछ कहा था तुम्हें, मगर तुमने तो सब ख़त्म कर दिया। सच कहूँ तो उम्मीद और वादा हिन्दी शब्दकोश के ऐसे शब्द हैं, जिनसे अब पीड़ा होने लगी है। उम्मीद भी तुमसे थी, क्योंकि वादे तुम्हारे थे।

"तुम..." इतने में डोर बेल की घंटी के बजने की आवाज़ आई। अमृता के क़दमों में सर्दी के मौसम में मानो सावन की खनक आ गई। आदि के वापस आने की सुगबुगाहट मात्र से ही उसके शिथिल क़दमों में ऊर्जा आ गई और दरवाज़े के पास उसे खोलते हुए वह बोलने ही वाली थी कि उसके शब्द गले में ही अटक गए। "दीदी, मेरा नाम सुमन है। मुझे यहाँ आदित्य भैया ने भेजा है। बाक़ी बचा हुआ सामान लेने।"

"बचा हुआ सामान?" अमृता के मन में हूक सी उठी। जी में आया कि कह दे, हाँ ले चलो तुम्हारे सामने ही खड़ी हूँ मैं। आदित्य मुझे साथ ले जाना भूल गया है।

क्या प्यार में पड़ी स्त्री अपने प्रेमी के लिए हर सम्बोधन स्वीकार कर लेती है, जैसे अमृता ने किया। शायद प्यार ऐसा ही होता है कि उसे बस अपने प्रेमी की चाह होती है, उसे देखने की तड़प होती है।

"दीदी" ...दोबारा आवाज़ आने पर अमृता अपने ख़यालों से बाहर आई और दरवाज़े को खोलते हुए कहा, "अन्दर आ जाओ और जो सामान है, उन्हें ले जाओ।" इतना कहकर अमृता वहाँ से चली गई। सुमन आदित्य भैया के कपड़ों को पैक करने लगा। अमृता दूर से अपने बिखरे हुए कमरे को देख रही थी। कहीं आदि के मोजे बिखरे हुए थे तो कहीं उसके जूते। "आदि, तुम अपने मोजे सही जगह पर क्यों नहीं रखते? हमेशा तुम न ऐसे ही करते हो।" "अमृता, ढूँढ़ दो न प्लीज़। तुम हो न मेरे पास, तो थोड़ी लापरवाही करने दो।" इतना सुनकर ही मन मयूर हो जाता है। मन करता था कि सती सा तपकर तुम्हें इस जन्म में अपना बना लूँ मगर... बग़ल के कपबोर्ड से अचानक शीशे के टूटने की आवाज़ आई और अमृता के अतीत के ख्वाबों का पुलिंदा ढह गया। जाकर देखा तो फ़र्श पर आदि के पसन्दीदा कप के टुकड़े पड़े थे, जिससे वह हर स्पेशल दिन या ख़ुशियों में चाय पिया करता था। वह जाकर उन टुकड़ों को ऐसे समेटने लगी मानो टूटे दिल के टुकड़े पड़े हुए हों। काश, इन टुकड़ों को सँजोए रखने से आदि वापस आ जाए। न जाने क्या सूझा अमृता को कि उसने बिखरे हुए टुकड़ों को अपने पास सँजो लिया। उसके बाद वह सुमन के साथ आदि का सामान रखने लगी मगर अपने पास।

कभी मोजों को उठाकर मुट्ठी में भींच लेती, तो कभी उसकी कलम को अपने कपड़ों से ढक देती। आदि के सामान को सँजोकर रखना उसके लिए बीते लम्हों को वर्तमान में खड़ा करने के लिए काफ़ी था। सुमन ने आदि का सामान रख लिया और जाते-जाते कहते हुए गया कि "दीदी, अब आदित्य भैया नहीं आएँगे। आप ध्यान रखिएगा।" इतना कहकर सुमन वहाँ से चला गया।

उसके जाते ही अमृता आदि के सामान को देखने लगी क्योंकि अब इन्हीं के साथ उसे जीना था। इतने में दोस्तों के मैसेज आने शुरू हो गए। "यार, अमृता मूव ऑन। यह सब होता रहता है, इसे पार्ट ऑफ़ लाइफ़ समझ और आगे बढ़। तेरे लिए एक अच्छा लड़का इन्तज़ार कर रहा होगा।" वनिता का मैसेज था। अब उसे क्या कहूँ, आदि को ही लाइफ पार्टनर मान लिया था और उसे ही लाइफ़ बना दिया था। कैसे करूँ मूव ऑन? लोग कह देते हैं बड़ी आसानी से, मगर कैसे करें यह नहीं बताते। ऐसे ढेरों मैसेजेस अमृता के फ़ोन में भरे हुए थे। कुछ ने यहाँ तक कह दिया था कि लड़के ऐसे ही होते हैं, साथ रह लेंगे, सब कुछ कर लेंगे और लास्ट टाइम में कहेंगे, "अब प्यार महसूस नहीं होता। सालों को पहले नहीं पता होता कि कब तक प्यार महसूस होगा?"

प्यार में पड़ा अमृता का दिल धधक उठा। आदि के लिए ऐसे शब्दों का इस्तेमाल ग़लत है क्योंकि आदि सबसे अलग है क्योंकि वो मेरा आदि... मेरा आदि? अब वो मेरा नहीं है या वो अब भी मेरा है? साथ रहने से ही क्या कोई अपना हो जाता

है? आदि क्या अब मेरा नहीं है? क्या मेरा प्यार ख़त्म हो गया? अमृता ऐसे सवालों के बीच घुटने लगी और फ़ोन को बन्द करके बालकनी में टहलने लगी। सामने के फ़्लैट में कुछ बच्चे खेल रहे थे और आसपास बने पेड़ों पर पक्षी मँडरा रहे थे। सुबह हमेशा ऐसे ही आगे बढ़ती है, भले ही कोहरा हो मगर सूरज रोशनी देना चाहता है इसलिए वह हर दिन आता है। यहाँ के लोगों से उसका केवल ख़ुशी देने का रिश्ता है, फिर आदि को ख़ुश देखकर मुझे बुरा क्यों लग रहा है? वह मेरे पास नहीं है, क्या इसलिए मुझे बुरा महसूस हो रहा है?

अमृता के चेहरे पर भले ही स्थिरता पसरी हुई थी मगर मन में सवालों की ज्वालामुखी फूट रहे थे। क्या उसका होना मेरे लिए काफ़ी नहीं है? क्या उसकी हँसी मेरे लिए काफ़ी नहीं है? वह जहाँ रहे ख़ुश रहे, क्या यह मेरे लिए काफ़ी नहीं है? फिर क्यों मुझे बुरा महसूस हो रहा है? "आदि तुम हो। भले ही सामने नहीं हो, मगर मेरे भीतर हो। तुम्हारी ख़ुशी जिसमें है, तुम वहाँ हो। मगर मेरी ख़ुशी तुममें है इसलिए तुम्हारी ख़ुशी में मैं भी ख़ुश हूँ।" इतना कहते हुए अमृता ने आदि के सामान को अपनी अलमारी में बन्द करते हुए कहा, "तुम्हारी हर ख़ुशी में मैं साथ हूँ। तुम बस ख़ुश रहो।" इतना कहकर अमृता किचन में चली गई और चूल्हे पर आदि की फेवरेट चाय बनाते हुए गाना सुनने लगी।

ज़िन्दगी प्यार का गीत है, जिसे हर दिल को गाना पड़ेगा।

प्यार ऐसा ही होता है, जिसे देना आता हो।

# ख़ुमार

# ख़ुमार

◈ मिन्नी शर्मा

"ख़ुमार ही तो है ये जो किसी के अच्छे गुणों से आकर्षित होकर हमारे दिल पर छा जाता है।"

"सिर्फ़ दिल पे; दिमाग़ पे नहीं ?"

सुधीर ने विभा की बात को बीच में ही काटते हुए पूछा।

विभा ने अपनी वही तल्लीन मुद्रा जारी रखते हुए कहा, "ख़ुमार जिसके दिमाग़ पर छा जाता है वो सारी ज़िन्दगी इसी के साथ निकाल देता है!"

"तो क्या तुम मेरे साथ सारी ज़िन्दगी नहीं बिताने वाली हो?" सुधीर ने पूछा। तो विभा ने उसकी ओर मुड़कर मुस्कुराते हुए जवाब दिया, "लगता तो यही है!" और विभा फिर से अपनी स्टडी टेबल की ओर मुड़ के अपने बाल काढ़ने लगी। सुधीर अभी भी उसके पीछे ही खड़ा है। तभी विभा ग़ुस्से में चिल्लाती है,"ओफ...ओह... ये बाल भी कितना उलझ जाते हैं..!"

पीछे खड़ा सुधीर विभा के पास जाते हुए कहता है, "क्या विभा! एक तो तुम्हें ज़रा-ज़रा सी बात पर इतना गुस्सा आ जाता है।"

"आपको नहीं पता एक अच्छा साहित्यकार बनने के लिए गुस्सा आना ज़रूरी है।"

"हाँ! और एक अच्छे साथी को सब कुछ सुलझाना आना ज़रूरी है। लाओ मैं तुम्हारे बाल सुलझा देता हूँ।"

सुधीर की इस बात से विभा की आँखों में चमक सी आ जाती है।

"आप सुलझाएँगे...!" मुस्कुराते हुए विभा सुधीर को कंघी पकड़ा देती है और सुधीर कुर्सी पर बैठी विभा के पास खड़े होकर उसके बाल सुलझाने लगता है। दोनों के चेहरे पर इस वक़्त असीम आनन्द दिखाई पड़ता है।

विभा के बाल सुलझाने के बाद सुधीर अपनी किताब लेकर पलंग पर जा बैठता है। विभा स्टडी टेबल पर बैठी कुछ लिख रही होती है। अचानक विभा आकर सुधीर की गोद में सिर रखकर लेट जाती है और उससे कहती है, "मुझे कहानी सुनाइए ना...।"

"कहानी ! मैं कोई कहानीकार हूँ।"

"अच्छा वही कहानी सुनाइए जो मैंने लिखी थी। जिसे...मैं हमेशा सुनाने को कहती हूँ।"

"ये अच्छा है... कहानियाँ लिखती तुम ख़ुद हो और सुनाने के लिए मुझसे कहती हो।"

"मुझे आपके मुँह से सुनना पसन्द है।"

सुधीर कहानी सुनाते-सुनाते बीच में विभा से पूछता है, "विभा तुम्हारी इस कहानी में तो नायिका अपने पहले प्यार की बजाय दूसरे को चुनती है?"

"कहानियों की यही तो अच्छी बात है कि मैं अपनी मर्ज़ी से कहानी के पात्रों की ज़िन्दगी कहीं भी मोड़ सकती हूँ। पर हमारी असल ज़िन्दगी आगे क्या मोड़ लेगी...हम कभी नहीं जान सकते। ना ही उम्मीद भी कर सकते हैं क्योंकि हमें नहीं पता कि हमारे लिए क्या अच्छा होगा।"

"तो तुम मुझसे बार-बार यही कहानी सुनाने को इसलिए कहती हो कि शायद ये कभी सच हो जाए। तुम सच में ऐसा चाहती हो!" सुधीर की उत्सुकता उसकी आँखों में दिखाई देती है।

विभा सुधीर की उत्सुक आँखों की ओर देखकर कहती है, "धीरे-धीरे मेरा मन पढ़ना सीख रहे हैं आप।"

"पर जो कुछ तुमने पहले कहा...?"

"वो मेरी दुविधा है। मैं सोचती हूँ कहीं मेरी क़िस्मत ने मेरे लिए कुछ और रखा हो। मैं क़िस्मत से लड़ना नहीं चाहती। मैं पहले भी क़िस्मत से लड़कर हार चुकी हूँ। क़िस्मत से टकराने पर सिर्फ़ नुक़सान होता है,भारी नुक़सान। और अब मैं किसी तरह का नुक़सान नहीं उठाना चाहती हूँ। इससे तो अच्छा है कि मैं अपनी क़िस्मत को समझूँ और उसी दिशा में आगे बढ़ूँ।"

"और ये कैसे होगा?" सुधीर ज़रा निराश होते हुए पूछता है।

"यह काम तो वक़्त अपने आप कर देगा। मैं बस इन्तज़ार कर रही हूँ।"

"वक़्त से सोचता हूँ कहीं मेरी उम्र ही तो नहीं बाधा बन रही तुम्हारे फ़ैसले में!"

यह सुनकर विभा सुधीर की गोद से अपना सिर हटाकर उठ बैठती है। और अपना मुँह दूसरी ओर फेर के कहती है, "आप... आपको पता है कि नम्बर्स मेरे लिए मायने नहीं रखते। नम्बर्स मुझे

कुछ ख़ास पसन्द भी नहीं हैं। और अगर यह बात होती तो मैं यहाँ तक भी आने का फ़ैसला कैसे कर लेती! बताइए...?"

सुधीर पलंग से उठकर चल देता है।

"कहाँ जा रहे हैं...?" विभा उससे पूछती है। इस बार उसकी आवाज़ में चिन्ता झलकती है। उसे पता है कि उसकी बातों से सुधीर का मन शायद ख़राब हो गया है।

"चाय बनाने जा रहा हूँ..."

"मैं भी चलूँगी..." विभा सुधीर के पीछे-पीछे चल देती है।

चाय के लिए रखे खोंलते पानी में पत्ती डालते हुए सुधीर ज़रा रूठते हुए स्वर में कहता है, "एक तो तुम मुझे एक पल भी अकेला नहीं छोड़ती और ऊपर से..."

"ऊपर से क्या? मुझे पता है मेरी बातों ने आपको डिस्टर्ब कर दिया है। और मुझे ये भी पता है कि ऐसे में आपको चाय की ख़ुशबू सुकून देती है। मुझे भी चाय की ख़ुशबू कितनी पसन्द है आपको भी तो पता है ना...!" यह बातें कहते-कहते विभा कुछ नर्वस हो जाती है। पर एक लम्बी साँस भरते हुए वह सुधीर के हाथों को अपने हाथ में लेती है। और प्यार से सुधीर की ओर देखते हुए कहती है, "मेरी बातों को भूल जाइए...आगे क्या होना है? यह भी भूल जाइए... बस इस ख़ुमार को याद रखिए जिसमें हम अभी जी रहे हैं। हो सकता है किसी दिन यह ख़ुमार मेरे दिमाग़ तक भी पहुँच जाए। फिर तो मुझे इसी के साथ अपनी पूरी ज़िन्दगी निकालनी होगी ना... क्यों...?"

दोनों एक साथ हँस पड़ते हैं।

"हूँ...यह चाय की ख़ुशबू..." विभा एक लम्बी आह भरती है।

"अब छोड़ो मुझे चाय तो देखने दो।" सुधीर शरमा के अपने हाथों को विभा के हाथों से छुड़ा के चाय के बर्तन की ओर ले जाता है।

"क्या... शरमा रहे हैं...? हूँ... हूँ...! आप भी अजीब हैं।" कहते हुए विभा चाय के लिए कप निकालने लगती है।

# यूँ ही होता क्यों है

# यूँ ही होता क्यों है

### ◈ रंजना गर्ग

वह बहुत दूर नहीं गया था। हाँ शहर से बाहर जाना उसे हमेशा से ही पसन्द था। स्कूल के दिनों में पापा जब उसे साइकिल से लेकर जाते तो उसे बड़ी छटपटाहट होती। बड़े होते-होते उसने किसी दूसरे पर आश्रित होना छोड़ दिया था। ऐसा नहीं था कि उसे पिता के साथ जाने में शर्म आती थी, पर उसका कोई भी दोस्त अपने पापा के साथ नहीं आता था। एक-दो लड़के जो बाइक पर आते वह भी ख़ुद चलाकर आते। स्कूल से कॉलेज में शायद यही बदलाव आता है। आत्मनिर्भर आप बनना चाहें न चाहें पर दूसरे जैसा हमेशा होने की होड़ लगी रहती है। स्कूल की होड़ से कॉलेज की होड़ अलग है। कॉलेज से दूर नौकरी की दौड़ अलग।

अलग-अलग दौड़ में भागता हुआ आदमी कहीं न कहीं पहुँच जाता है। यही सोचकर वह दौड़ में शामिल हो गया था। वह घर गया तो जाते ही उसने पापा से कहा, “आप कल से मुझे लेने मत आना!”

"क्यों?"

पापा ने पूछा तो उसने ठीक-ठाक जवाब नहीं दिया। अल्हड़ उम्र के लड़के जानते हैं कि पिता भी कभी उनकी उम्र से गुज़रे होंगे ही। वे यह भी समझते हैं कि हर बाप, पिता बनते हुए वह सब भूल जाता है जो उसने अपने समय में किया। या फिर भूलने की कोशिश करता है। ये भूलना, भूलने से ज़्यादा छुपाना होता है। आख़िर आदर्श होने की होड़ में सभी लगे रहते हैं। उसने पापा को कहा कि कल से उसे लेने न आएँ तो इसलिए क्योंकि वह अब बड़ा हो गया था और किसी भी दोस्त के पापा उसे लेने और छोड़ने नहीं आते। पिता जानते थे कि एक उम्र के बाद यह छटपटाहट सभी में होती है। पर वे उसे छोड़ने को तैयार नहीं हुए। छोड़ने में एक परेशानी थी, वह थी पैसे और ख़र्चे की। अब तो वे ऑफ़िस से गुज़रते हुए उसे छोड़ जाते हैं एक ही रास्ते में जो पड़ता है उनका दफ़्तर और कॉलेज। अब स्कूटर से पैसे बच जाते हैं। अगर वह अकेला जाएगा तो बस का किराया भी लेगा और पॉकेट मनी अलग से चाहिए होगी। फिर गर्लफ्रेंड रखेगा सो अलग। भारतीय पिता कभी अपने बच्चों के आगे प्रेम शब्द का ज़िक्र नहीं करते। अगर करते भी हैं तो यह जानने के लिए कि कहीं लड़का बिगड़ न जाए। बिगड़ जाना किसी को बर्दाश्त नहीं। आख़िर सब आदर्श हमें ही निभाने होते हैं। आदर्श पिता से लेकर आदर्श बच्चों तक। अभिषेक पहले तो मुँह बनाता रहा, पर पिता ने उसे डाँटकर साफ़ कह दिया, "इतनी फ़ीस लगाकर तुम्हें मेडिकल कॉलेज में इसलिए भेजा है कि बैठकर पढ़ सको, पढ़ने जाने मैं छोड़ दूँ तो कोई दिक़्क़त ही नहीं है। चुपचाप अपनी पढ़ाई पर ध्यान दो समझे।" पापा हर बार उसके साथ ऐसा ही

करते हैं। उसकी हर माँग उन्हें शायद बुरी जान पड़ती है। उसे कहाँ पढ़ना था यह, उसे तो आर्ट्स लेनी थी। राजनीति कितनी पसन्द थी उसे! यही सोचकर उसका मन भर आता था। साइंस ली तो पापा ने डॉक्टर बनने की होड़ में उसकी इच्छा पूछना भी ज़रूरी नहीं समझा। बुआ यह सब देखती थीं, पर पापा से कुछ भी कहना उन्हें समय की बर्बादी लगता। वह हर बार अभिषेक के सिर पर हाथ रखतीं और कहतीं, "इस बार मान ले। ये कर ले अगली बार मन की कर लियो!"

बुआ की बात वह हर हाल में मानता था। बचपन से माँ नहीं थी उसके पास, थीं तो सिर्फ़ शन्नो बुआ। उसे पालने के लिए उन्होंने कभी शादी तक नहीं की थी। इसलिए अभिषेक उन्हें अपनी माँ और पापा से भी ज़्यादा चाहता था। जीवन में ऐसा सिर्फ़ एक रिश्ता भी अगर आपको मिले जो आपको समझ सके तो ज़िन्दगी आसान लगने लगती है। फिर आपको काफ़ी फ़र्क़ नहीं पड़ता कि कौन आपको समझ रहा है कौन नहीं।

अभिषेक के साथ भी ऐसा था। पापा की सब बातें सुनकर वह चुप रहा पर घर आकर उसने शन्नो बुआ को सब बात साफ़-साफ़ बता दी। शन्नो बुआ भी जान रही थीं। बात आने-जाने की नहीं है, बात है आत्मसम्मान की। मर्दों में सिर्फ़ यही एक चीज़ टकरावों की वजह बनती है। मेल ईगो। यह बात शन्नो बुआ ठीक तरह से समझती थीं। अभिषेक अपनी बात पर अड़ा रहा कि एक तो उसने पापा के कहने पर डॉक्टर बनना चुना और अब वे उसे किसी अल्हड़ लड़के की तरह अपने स्कूटर पर बिठाकर ही ले जाना चाहते हैं। एक ओर वे उसे बड़ा समझते हैं दूसरी ओर बच्चों जैसी ट्रीटमेंट। किसी को कहाँ बर्दाश्त हो पाता

है यह सब। शन्नो बुआ उसे चुपचाप सुन और समझ रही थीं। अभिषेक अपनी सारी परेशानी, सारा ग़ुस्सा निकालकर कमरे में सोने चला गया था। शाम को जब पापा आए तो उसने खाना नहीं खाया था। कमरा अन्दर से लॉक कर उसने आमरण अनशन की बात कह दी थी। "बढ़ते बच्चे आख़िर कर भी क्या सकते हैं। बच्चों के लिए दुनिया में हज़ार स्कूल हैं पर माँ-बाप कैसे बनना है इसके लिए एक भी स्कूल नहीं। पेरेंटिंग जैसे सब माँ-बाप के पेट से सीखकर आते हैं।" पापा के सामने यह बोलकर बुआ भी अब अन्दर चली गई थीं। पापा को समझ नहीं आ रहा था कि आख़िर हुआ क्या है। औरतें अपने दुख कभी साफ़-साफ़ नहीं कहतीं। उन्हें समझना पड़ता है और कभी-कभी समझाना भी। पापा शन्नो बुआ के कमरे में गए और सारी बात सुनने की कोशिश करने लगे। उन्होंने शन्नो बुआ को कहा कि वे तो बस बच्चे की सिक्योरिटी और पैसा बचाने के लिए कह रहे थे। शन्नो बुआ उम्र में बड़ी थीं। उन्होंने भी पापा को समझाया कि बढ़ते हुए बच्चों को खुलने देना चाहिए। वे जितना उड़ेंगे उतना सीख सकेंगे। शन्नो बुआ ने उनका बचपन भी उन्हें याद दिलाया और यह भी कि आदर्श थोपे नहीं जाते, उन्हें बनाया जाता है। पापा समझ सब रहे थे, पर उन्होंने बुआ के आगे हार मान ली थी। तय हुआ कि अब से उसे साइकिल दिला दी जाएगी, जिससे वह कॉलेज जा सके। एक साल तक अभिषेक साइकिल से कॉलेज जाता रहा। फिर एक बार उसने बाइक के लिए पापा को कहा तो पापा को फिर भारी ख़र्च दिखाई देने लगा। बुआ के पास जाकर ही सारी बात ख़त्म हुई। बुआ ने इस बार अभिषेक के सामने शर्त रख दी। अगर बढ़िया नम्बर आए तो ही बाइक दी जाएगी। इस शर्त

से पापा को भी थोड़ा सुकून मिला। साल बिता तो अभिषेक का रिज़ल्ट भी बेहतर आया था। अगले ही साल से वह अस्पताल में इन्टरशिप करने चला गया। इन्टरशिप के दौरान लोगों की सेवा करना, उन्हें ठीक करने में उसे दिली सुकून मिलता। एक दिन जब वह घर आया तो जाकर बुआ से चिपक गया और बोला, "बुआ पापा उतने भी ग़लत नहीं थे। डॉक्टर बनकर अब मुझे गर्व है। आज मैंने एक लड़की की जान बचाई और तब मुझे इस पेशे के असली मायने समझ आए।" बुआ यह सुनकर ख़ुश थीं। उन्होंने अभिषेक को समझाया कि कई बार मन की न कर पाना ही हमें बचा लेता है और कई बार मन की करना। रास्ते बस चलने के लिए होते हैं। उन्हें टापना पड़ता है ताकि मंजिल मिल सके।

अभिषेक एक दिन जब अस्पताल गया तो एक लड़के को उसने पापा के पीछे स्कूटर पर आता हुआ पाया। उसने उससे बात की तो मालूम हुआ कि वह भी अभिषेक की तरह असहज महसूस करता है। अगले ही दिन वह उसके पिता से मिला और उन्हें अपनी साइकिल थमा दी। वह अब जानता है रास्ते होते नहीं हैं निकालने पड़ते हैं। और दूसरों को समझने की पहली शर्त है कि आप उन्हें जानें और ख़ुद को वहाँ खड़ा पाएँ। बुआ ने पापा को यही बातें समझाई थीं, जब अभिषेक उनकी बातें सुन रहा था। उसी दिन उसने सोच लिया था कि चाहे जो हो वह भी दूसरों की मदद करेगा, जैसे बुआ ने उसकी मदद की। रिश्ते आख़िर हैं ही क्या, मोह से ज़्यादा समझ का ताना-बाना।

# अनकही सी दास्ताँ

# अनकही सी दास्ताँ

◈ पूर्णिमा वत्स

"आदमी को अगर ख़बर लग जाए कि चाँद पर पानी है, तो वह वहाँ जाकर न जाने क्या-क्या बना दे। स्विमिंग पूल से लेकर जिमखाने तक खोल दे।" पापा बालकनी में बैठे अख़बार खोले कुछ बुदबुदा रहे थे। हर सुबह के उनके पहले क्रियाकलाप में यही शुमार था। सुबह दरवाज़े से अख़बार उठाना और फिर बालकनी पर आकर उसे ख़ूब कमेंट्री के साथ पढ़ना। कमेंट्री ऐसी कि पड़ोसी तक के घर में साफ़-साफ़ सुनाई दे जाए। कभी-कभी तो पड़ोस के वर्मा अंकल अपनी बालकनी में आकर पापा से पूछ लेते, "क्या? यह ख़बर तो हमारे अख़बार में दी ही नहीं हुई शर्मा जी। चलिए अच्छा है अब मैं भी खोजकर पढ़ता हूँ।" यह कहकर वर्मा जी कभी पापा से अख़बार माँग ले जाते, तो कभी घर आकर सुबह की चाय की चुस्की ही मार लेते। छुट्टी वाले दिन घर कभी बहसों तो कभी राजनीतिक चर्चाओं से गूँजता ही रहता। टिया

को घर का यह माहौल ज़रा रास नहीं आता। हर दिन वह पापा को टोककर कह ही देती, “क्या पापा आप भी कुछ बढ़िया सुना-पढ़ा कीजिए। ज़्यादा नहीं तो किशोर कुमार के गाने ही चला लें। हर दिन अख़बार की ख़बरें लेकर बैठ जाते हैं।” पापा टिया की बात को पहले तो ग़ौर से सुनते, फिर तेज़ी से ठहाका लगाकर माँ की ओर देखकर कहते, “देख रही हो न यही है वह जो संगीत की क्लास न जाने के लिए बचपन में घंटों रोया करती थी!”

माँ भी पापा की हाँ में हाँ मिला देतीं। बात तो पापा की ठीक भी थी। कितना रोती थी टिया कि उसके सब दोस्त खेल रहे हैं और वह बेचारी बैठी है एक जगह गाना सीखने का अथक प्रयास करती हुई। साल दर साल बड़े होने के साथ संगीत से उसका लगाव भी बढ़ता ही गया था। अब गुरुजी के पास वह घंटों बैठ जाती और कभी दादरा, कभी टप्पा तो कभी भजन ही गाने लगती। सुबह से लगी महफ़िल रात भर चलती रहती। उसे न खाने का होश रहता न कुछ पीने की जिज्ञासा ही रहती। हाँ बीच-बीच में गुरुजी उसे ज़रूर टोक देते कि ऐसे भी नहीं सीखना कि बीमार ही हो जाओ।

कुछ ही दिन में उसका कॅन्सर्ट है। पहली बार स्टेज पर जाना किसी भी कलाकार के लिए सपने से कम नहीं होता। हर बार सुर छूटते ही वह फिर से शुरू करती और तब तक गुरुजी को जाने नहीं देती जब तक रियाज़ करते हुए परफेक्ट नहीं हो जाती। हमारी पीढ़ी को कम में जीने की आदत नहीं है। जितनी तेज़ी से बोर्ड के नम्बर बढ़ रहे हैं उतनी ही तेज़ी से जीवन और स्वयं से हमारी अपेक्षाएँ भी बढ़ ही रही हैं। टिया भी अपने आप से बहुत अपेक्षाएँ रखती है। लेकिन वह यह भी जानती है कि बगैर रियाज़

के वह सफल नहीं हो सकती। रियाज़ और मौन उसने दो चीज़ों को गाँठ बाँध लिया है। बहुत ज़रूरत पड़ने पर ही वह किसी से बात करती अनायास बोलना उसे क़तई पसन्द नहीं आता। कॉन्सर्ट से कम से कम एक महीने पहले तक वह मौन रहती है। ऐसा नहीं है कि उसमें वाचालता नहीं है, वह घंटों बोल सकती है। लेकिन रियाज़ का समय सिर्फ़ ख़ुद के लिए है और उसने क़सम खाई है कि जब तक ज़िन्दगी का पहला कॅन्सर्ट नहीं हो जाता वह गले को आराम ही देगी। कॉलेज में टिया के बहुत दोस्त भी नहीं हैं इसलिए बहुत बातें वह किसी से नहीं करती। सुबह पहले गुरुजी के पास रियाज़ के लिए जाती फिर ठीक नौ बजे क्लास के लिए निकल जाती। पहली क्लास इकोनॉमिक की होती जिसमें अन्य विभाग के बच्चे भी पढ़ने आते। टिया की दोस्ती यहीं सुधा से हुई थी। सुधा कथक नृत्यांगना है।

ठीक पाँच बरस से उसने कथक को अपना लिया और कथक ने उसे। संगीत और नृत्य की दोस्ती हो जाए तो आदमी को जीवन में फिर किसी चीज़ की ख़ास ज़रूरत महसूस ही नहीं होती। कलाकार और कला की अपनी एक विशेष दुनिया होती है जिसके बाहर शायद ही वे कभी झाँक पाते हो। झाँकना भी क्यों है का सवाल भी कलाकार ख़ुद से नहीं पूछते। वे पहले ही जानते हैं वे दुनिया से अलग हैं और इस मामले में ख़ुद पर गर्व करते हैं। गर्व और संघर्ष की गहरी मित्रता है ठीक टिया और उसकी दोस्त सुधा की तरह। टिया का घर मामूली सामान्य है लेकिन सुधा को अपने कथक के लिए बहुत लड़ना पड़ता है। वह सुबह कॉलेज आती है फिर शाम को अपनी क्लास लेती है और उसके बाद अपना रियाज़ भी करती है। टिया के मन में सुधा के प्रति प्रेम और सम्मान है। कोई भी रिश्ता इन्हीं की बदौलत चल

सकता है। टिया का कॅन्सर्ट पास आ रहा था तय हुआ कि कमानी में किया जाएगा। कमानी बाक़ी जगहों से बड़ा भी है और लोग भी वहाँ ज़्यादा आते हैं। साथ ही एक और कॉन्सर्ट भी करवा दिया जाए का सुझाव गुरुजी की तरफ़ से आया। टिया को यह सुनकर एकदम अपनी दोस्त सुधा का ख़याल आ गया, तो एक पूरा दिन लगा यह तय होने में कि ठीक सात तारीख़ को छह बजे कथक और संगीत की प्रस्तुति दी जाएगी। सुधा और टिया ने अपने कार्यक्रम के लिए जी-जान लगा दी थी। दोनों रात देर तक रियाज़ करतीं और सुबह क्लास चली जातीं। पापा भी अब सुबह का अख़बार छोड़कर उनके साथ रियाज़ में जम जाते। कभी सुधा को कहते कि चक्कर यहाँ नहीं इस ताल पर दे। तो कभी टिया को कहते कि अरे ज़रा गला साफ़ करके आओ। यहाँ ताल मध्यम रखो, यहाँ सुर ज़रा निचला लगाओ। देखते-देखते वह दिन भी आ ही गया जब दोनों को पहली बार कमानी में परफॉर्म करना था। टिया ने गाना शुरू किया तो ऐसा लगा जैसे गिरिजा देवी उसके सामने आ बैठी हों, “पिया नहीं आये... काली बदरिया बरसे...” गाते हुए उसके स्वर एकदम सधे हुए थे और सुधा के कथक के साथ थिरकते हुए पाँव भी। बची हुई कसर बारिश ने पूरी कर दी थी।

कहते हैं जब कोई पूरे जी-जान से गाता है तो बरसात होती है तानसेन के बारे में न जाने कितनी बार यह बात सिद्ध हुई भी थी। टिया तानसेन नहीं थी लेकिन उसने पूरी लगन से गाया और पहला ही स्टेज परफॉर्मेंस बेहतरीन रहा। इसका अकेला श्रेय सिर्फ़ उसका नहीं था सुधा के घुँघरुओं का भी इसमें योगदान रहा। घर आकर टिया ने सुधा के घुँघरू लिए और उन्हें पैरों में

गोल-गोल बाँध लिया। अब वह टिया नहीं थी सुधा हो गई थी। सुधा ने ताल देनी शुरू कर दी टिया ठीक से चक्कर नहीं लगा पा रही थी। घुँघरुओं के भारी होने के कारण उसे काफ़ी मुश्किल हुई थी। फिर भी जैसे-तैसे वह गोल घूमती और थिरकती।

पूरी रात घर में कॅन्सर्ट होता रहा। कभी ताल की आवाज़ तो कभी गिरिजा देवी के भजन। सारा मोहल्ला जान गया था कि शर्मा जी की लड़की और वो उसकी दोस्त जंग जीत आई हैं। मालूम भी कैसे न होता अम्मा ने मिठाई जो बँटवा दी थी। टिया और सुधा का कॅन्सर्ट ख़त्म हुआ तो उसके बाद आगे क्या के सवाल ने उन्हें परेशान किया। कलाकार व्यापारी नहीं होता, वह एक कोमल दिल इनसान होता है जो सिर्फ़ अपना पेट भरना चाहता है उतना जितने में वह जी सके। कला में न्याय भी यही है अन्याय भी यही। या शायद दुनिया का यही न्याय है। टिया को कुछ सूझ नहीं रहा था तो पापा ने सुझाव दिया कि सुधा और वह मिलकर एक म्यूज़िक और डांस स्कूल खोल लें। इससे वे कला को बाँट भी सकेंगी और उनका ख़र्च भी निकल ही जाएगा। डांस और म्यूज़िक स्कूल कुछ ही दिनों में शुरू कर दिया गया। एक हफ़्ता बीत गया लेकिन कोई नहीं आया। सुधा ने टिया को समझाया, "चीज़ें समय लेती हैं उदास होने की ज़रूरत नहीं।" टिया भी इस बात को अच्छी तरह समझ गई थी। दूसरे हफ़्ते से बच्चे आने शुरू हो गए। अब पूरा दिन कभी संगीत गूँजता तो कभी कथक की थिरकन। ज़िन्दगी पटरी पर लौटने लगी थी। क्लास से कॉलेज और कॉलेज से क्लास सब मैनेज होने लगा। दुनिया के मर्दों को भरम ज़रूर हो कि वे बेस्ट मैनेजमेंट कर लें, लेकिन टिया और सुधा ने माँ से सीखा है कि घर चलाने

वाली औरत से बढ़िया मैनेजमेंट कोई नहीं सिखा सकता। स्कूल और कॉलेज समय के साथ चलने लगे। रोज़ सुबह अब पापा अख़बार लेकर फिर से कमेंट्री करते हैं और वर्मा अंकल भी घर पर एक प्याला चाय की चुस्की मार जाते हैं। टिया अब सुबह सबके जागने से पहले ही एकेडमी चली जाती है। उसने ज़िन्दगी और संगीत दोनों को थाम लिया है। हाँ, राजनीतिक बहसें अब उसे उतनी बुरी नहीं लगतीं।

# धान की बुवाई

# धान की बुवाई

## ◈ ज़ैतून ज़िया

एक ही महीना हुआ था अभी डोली के ब्याह को दूसरा फेरा था ये ससुराल का, कल रात आई थी मायके से, भाई छोड़ के गया था रात में, उसकी सास रोक रही थी उसके भाई को रुका नहीं, बोला, बाड़ लगनी है कल खेत पर काम है चाची, फिर आऊँगा लिवाने तो रुक के जाऊँगा एक रात !

भाई को दरवाज़े से विदा कर के अन्दर आई तो तब तक जेठानी ने थालियाँ सजा दी थीं सब घर के मर्द खाने पे बैठ गए, जेठानी के साथ मिल के डोली भी चौके का काम समेटने लगी, हरिया आज थाली में देखे बिना ही कौर खा रहा धा, उसे खाने में न नमक कम था, न मिर्च ज़्यादा, पूरे बाईस दिन बाद देख रहा था वो डोली को नज़र हटती न थी उसकी!

अम्मा पंखा डुलाते हुए बोले जा रही थीं एक दीपक बुझा दो बरसाती कीड़े आ रहे हैं बहुत, गिर जाएँगे पतीली में, ओ हरिया तुम छत पे सो जाना भैया के साथ, बहुएँ कोठरी नें सो जाएँगी,

बरोठे का छप्पर चूने लगा, धान लगा लो फिर कुछ जुगाड़ करना इसका!

अम्मा की बात काट कैसे सकता था वो, दिल मसोस के कथरी ले सीढ़ी चढ़ने लगा, रात भर नींद ना पड़ी,तारे गिनते रात कट गई, सुबह उठा भैंस बाँध के फावड़ा, खुरपी ले भैया के साथ खेत पे निकल गया!

सोचा तो था एक बार जाते-जाते डोली को देख लेगा लेकिन जैसे ही कोठरी में जाने को हुआ भैया आवाज़ दे दिहिन, उलटे पाँव पलट गया द्वार की ओर!

डोली का दूसरा फेरा था, ससुराल में लिहाज में आज बहुत सुबह से उठ गई थी, चौका लीप के सब्ज़ी छौंक दी थी, आटा माड़ रखा था कि बस सब्ज़ी उतरे तो रोटी डाले। जेठानी बोली- तुम नहा-धो लो हम रोटी बना लेंगे और अम्मा खाना पहुँचा देंगी खेत पे, अम्मा बाग़ का भी एक चक्कर लगा लेना आम लेती आना थोड़े, डोली को भी तो खाने हैं अपनी ससुराल के आम। शर्त लगा लो, डोली तुम्हारे मायके से ज़्यादा मीठे होंगे, उसको छेड़ते हुए सुषमा बोली!

सुषमा रोटी बनाने को उठ ही रही थी कि उठ भी न पाई दर्द से चिल्ला उठी, शायद इसी महीने में बोला था दाई ने, अम्मा घबरा गईं मुनिया को भेज बड़के को खेत से बुलवा भेजा!

एम्बुलेंस के हॉर्न के साथ ही अम्मा चिल्ला के बोलीं, ओ छोटका तुम दू रोटी डाल के खेत लेती जाना हरिया के लिए !

डोली खाने की गठरी सिर पे रखे पेट तक लम्बा घूँघट डाले मुनिया के साथ मेड़ के किनारे चली जा रही थी, करधनिया में लगे घुँघरू के संगीत में मन कहीं गुम था कुछ सोच के घूँघट भीतर शरमा रही थी, बार-बार सोचती कि क्या कह के बुलाऊँगी उनको

तभी मुनिया पीछे से उसका पल्लू खींचते हुए बोली ओ चाची कहाँ जाए रही हो अपन खेत तो यही है, हरिया धान रोपने में लगा था लेकिन मन तो जैसे उसी खूँटी पर टाँग आया था जिसपे डोली की ब्याह वाली लाल चादर लटकी थी !

मुनिया की आवाज़ जैसे दोनों को स्वप्नलोक से वापस खेत पर खींच लाई हो डोली का पल्लू सिर से सरक गया था। उसको देख हरिया अवाक् रह गया। पहली बार उसने डोली को इस तरह आँख भर के बिना घूँघट के देखा था। डोली ने शरमाते हुए झट से वापस पल्लू सिर पर धर लिया, मुनिया चाची को उधर पेड़ तले बिठाओ हम आते हैं। हाथ-पाँव धुल के हरिया वहीं से चिल्ला के बोला। चाची को पेड़ तले बिठा के मुनिया वापस निकल ली अपना खेल पूरा करने गाँव। हरिया के आते ही गठरी खोल, कपड़ा बिछा ज़मीन पर रोटी और सब्ज़ी लगा दी डोली ने। पहला निवाला तोड़ डोली की तरफ़ बढ़ाकर बोला, हमारा सपना था कि अपनी जोरू को अपने हाथ से अपने खेत का खिलाएँगे!

यह सुन डोली शरमा गई, आँखों के कोर पानी से भर आई ये कब सोचा था उसने, उसकी बनाई हुई कहानी में तो ये इबारत लिखी ही ना थी उसने, ऐसा तो बस फ़िलम में होता है यही सब सोचते-सोचते उसने कौर निगल लिया!

इधर हरिया बोले जा रहा था, हम तो दू रोटी ही खाते हैं तुम इतनी मेहनत काहे की एक कौर ख़ुद खाता एक डोली को खिलाता, हर कौर पर उसको बताता कि उसने क्या किया इतने दिन, उसके बिना, कैसे याद आती रही वो उसको, कैसे-कैसे उसने फ़ोन पर उससे बात करने का जुगाड़ किया था, और कैसे कल रात बहुत मुश्किल से सो पाया वो!

साथ ये भी बताता जा रहा था कि धान की बुआई के बाद वो छप्पर मरम्मत कर लेगा जिसमें दोनों साथ रह सकेंगे और

धान की कटाई के बाद वो उसके लिए अलग कोठरिया भी बनवा देगा, अभी दू रोटी ही ख़त्म हुई थी कि ज़ोर की गरज से बारिश शुरू हो गई। डोली ने जल्दी से रोटी सब्ज़ी रूमाल में लपेट अपने पल्लू से छुपा ली, हरिया उसका हाथ पकड़ बाग़ की तरफ़ बनी फूस की झोंपड़ी की तरफ़ भागा। लगभग आधा मील दूर झोंपड़ी में पहुँचते-पहुँचते दोनों पूरे भीग चुके थे, उस एक घंटे की बारिश ने डोली के मन की मिट्टी को कोमल कर दिया था। कोमल मिट्टी में कुछ भी रोपना आसान होता है, हरिया ने खेत में धान के साथ-साथ डोली के मन में अपना प्रेम भी रोप दिया था!

कुछ महीनों बाद इधर धान की फ़सल से कोठरी भरी जा रही थी तो उधर डोली की गोद!!!

# शास्त्री जी

# शास्त्री जी

## ◈ सारांश नगाइच

शास्त्री जी दाह-संस्कार की तैयारी में लगे हुए थे, गाँव के लगभग सारे लोग ही घर के बाहर इसी इन्तज़ार में बैठे हुए थे। पंडित जी के क्रियाकर्म के बाद अर्थी उठी और शवयात्रा मुक्तिधाम की ओर बढ़ चली। राम नाम सत्य है, राम नाम सत्य है। पंडित जी ने पीपल के पेड़ के पास पहुँचकर अर्थी रखने को कहा, शास्त्री जी दुनिया के रीति-रिवाजों से अनभिज्ञ थे सो वो बस पंडित जी की बात का अक्षरश: पालन करते जा रहे थे। हिन्दू रीति-रिवाज में शवयात्रा को सीधे मुक्तिधाम नहीं ले जाते उसको पहले एक जगह रोका जाता है और शुद्धता तक वहाँ रोज़ाना दीपक और तेल रखकर आना पड़ता है। भारतीय संस्कृति में जन्म से लेकर मरण तक पूरा एक संस्कार है। शास्त्रों में अन्तिम संस्कार करने वाले स्थान को धाम इसलिए बोला जाता है कि यहाँ आने के बाद ही परम मुक्ति मिलती है, जैसे चार धाम जीवन को सफल बनाने के लिए ज़रूरी हैं वैसे ही मुक्तिधाम मृत्यु को सफल बनाने के

लिए। पीपल के पेड़ के पास पंडित जी ने कुछ रस्में कीं जो शास्त्री जी को बिलकुल समझ नहीं आई फिर शवयात्रा उठाई गई और अपने अन्तिम लक्ष्य से मिलने के लिए मुक्तिधाम पहुँची और शास्त्री जी ने वहाँ दाह-संस्कार किया।

शास्त्री जी जीवन में पहली बार दाह-संस्कार देख रहे थे, उनको लग रहा था कि जीवन की हार-जीत ख़ुशी-ग़म से बढ़कर कोई सत्य है तो यही है, मनुष्य का अन्तिम सत्य यही है, मनुष्य पता नही ख़ुद को कितना बड़ा समझ लेता है जबकि अन्त में वह कलश में कुछ मुट्ठी राख बनकर रह जाता है। मनुष्य न जाने कितनी फ़िज़ूल की लड़ाइयों में जीवन खपा लेता है। दाह-संस्कार करने के बाद सब लोग घर चले गए, कुछ देर बाद शास्त्री जी और मुखिया जी भी घर लौट आए। घर लौटकर शास्त्री जी लेट गए, आँख कब लगी पता नहीं चला, शास्त्री जी मानसिक और शारीरिक दोनों रूप से थक गए थे तब तक। रात में मुखिया जी जब खाना लेकर आए तब आँख खुली।

यह दाह-संस्कार गाँव की जगत-अम्मा का था, बेटा-बहू किसी दुघर्टना में बहुत पहले मर गए थे, एक पोता विनय और उसकी पत्नी थी वो लोग अमेरिका में रच-बस गए थे, वहाँ से आने में उनको दो-तीन दिन लग रहे थे तो गाँव के मुखिया जो कि मिश्रा जी थे उन्होंने शास्त्री जी से निवेदन किया दाह-संस्कार करने का। शास्त्री जी पिछले 9-10 सालों से अम्माजी के घर पर किराये से रह रहे थे, गाँव के एसबीआई बैंक में मैनेजर थे, अम्माजी उनको बेटे जैसा समझती थीं और शास्त्री जी को भी अम्मा से लगाव हो चुका था। शास्त्री जी धर्मसंकट में थे, समाज के रीति-रिवाज पर उनका कुछ ख़ास भरोसा था नहीं लेकिन

शास्त्री जी मानवता के नाते राजी हो गए और उन्होंने अम्मा जी का दाह-संस्कार कर दिया। दुनिया के तौर-तरीके से अनभिज्ञ शास्त्री जी को पता ही नहीं था कि जो दाह करता है वो 13 दिनों के लिए बँध जाता है सारे क्रियाकर्मों से, दूसरे-तीसरे दिन शुद्धता फिर गंगा में अस्थि विसर्जन, फिर विष्णु पुराण, अन्त में तेरहवें दिन त्रयोदशी। शास्त्री जी ने 13 दिन की छुट्टी ले ली बैंक से और सारे तन-मन से अम्मा जी के अन्तिम कार्यों में निमित हो गए।

शुद्धता में समाज के सारे लोग आए और फिर किसी ने अपनी इच्छानुसार केश दान तो किसी ने दाढ़ी के बाल कटवाए, जलने वाले स्थान पर पड़ी हुई राख को कलश में रख दिया गंगा में विसर्जित करने के लिए। अगले दिन हरिद्वार के लिए निकलना था, विनय और उसकी पत्नी अमेरिका से दिल्ली आने वाले थे फिर वहाँ से सीधे हरिद्वार पहुँचने वाले थे।

हरिद्वार, हरि का द्वार। ऐसा कहा जाता है कि हरिद्वार में अस्थियाँ विर्सजित करने से इनसान को सीधे मुक्ति मिल जाती है, सीधे वैकुंड की प्राप्ति होती है। सुबह अस्थि विर्सजित करने के समय विनय भी सपत्नी हर की पौड़ी पर पहुँच चुका था। शास्त्री जी के विनय को देखकर होश उड़ गए, दरअसल उनके होश विनय की पत्नी को देखकर उड़े थे। विनय की पत्नी रेणू।

रेणु, शास्त्री जी के जीवन का वह अध्याय थी जिसको ख़ुद शास्त्री जी भूल गए थे।

शास्त्री जी, शास्त्री जी होने से पहले विक्कू थे, विकेंद्र शास्त्री उर्फ़ दोस्तों के लिए विक्कू, गाँव के लिए छोटे ज़मींदार। विक्कू उत्तर प्रदेश के चम्बल के ग्रामीण इलाक़े में पैदा हुआ था। विक्कू के बाबा गाँव के ज़मींदार थे, गाँव में अच्छा रुतबा भी था और

इज़्ज़त भी। प्रधान का पद उनके लिए बेइज़्ज़ती था, सम्भवतः सरकार के नौकर बनने से अच्छा उनको गाँव का अघोषित मुखिया बनना ज़्यादा सही लगा। उन्होंने प्रधान हमेशा अपने भरोसेमंद आदमी को बनाए रखा, लेकिन गाँव के सारे फ़ैसले और विवाद विक्कू के बाबा ही निपटाया करते थे। ज़मीन और व्यापार इतना ज़्यादा था कि एक मुंशी जी काम करते थे विक्कू के यहाँ, रेणु इनकी लड़की थी। विक्कू एक तरीक़े से आवश्यकता से अधिक सम्पन्न परिवार से था।

रेणु और विक्कू का प्यार भी दोस्ती से शुरू हुआ और कब परवान चढ़ा इसका अहसास भी नहीं हुआ। गाँव बड़ा नहीं था तो दोनों का ज़्यादा मिलना होता नहीं था। दोनों के कुछ कोडवर्ड हुआ करते थे मिलने के, जैसे घर के बाहर जाती हुई मोटरसाइकिल अगर 2 हॉर्न मारे मतलब कुएँ पर मिलना है और अगर एक हॉर्न मारे तो विद्यालय के पीछे वाली हवेली पर आना है और अगर हॉर्न दो बार आकर बजाया जाए मतलब कि तालाब के किनारे आना है। रात में कमरे की लाइट का बुझना मतलब सारे घरवाले सो गए और छज्जे पर आकर बात की जा सकती है। गाहे-बगाहे विक्कू बाबा के काम से मुंशी के यहाँ आ जाता और रेणु अपने हाथ से अदरक वाली चाय बना देती विक्कू के लिए। किसी ने सही कहा है कि चाय से मोहब्बत और मोहब्बत में चाय क़िस्मत वालों को नसीब होती है। विद्यालय की पढ़ाई तक ऐसा चलता रहा, दोनों मिलते रहे, आँखमिचौली होती रही, कभी कुएँ के पास चिट्ठी अदलती-बदलती रही, कभी विद्यालय के पीछे हवेली पे। रेणु संगीत में अच्छी थी और विक्की जोड़-घटाने में। रेणु आगे की पढ़ाई करने के लिए ग्वालियर तानसेन

संगीत विद्यालय चली गई और विक्कू ने गणित से बीएससी करने के लिए गाँव के पास के ही महाविद्यालय में प्रवेश ले लिया। होली, दीवाली पर दोनों मिलते, चिट्ठी की अब भी अदला-बदली होती। रेणु अब ग्वालियर के बारे में लिखती, रेणु को बाड़े के समोसे कितने अच्छे लगते, हॉस्टल की वार्डन कितनी सख़्त हैं वो चिट्ठी में सब लिखती। विक्कू उनको बड़े चाव से पढ़ता और उसी में अपनी ख़ुशी समझ लेता। प्रेम ऐसा ही है जब लोग प्रेम में होते हैं तब उनको दुनिया बहुत प्रेममय लगती है, उनको जीवन में सब अच्छा ही अच्छा दिखाई पड़ता है चाहे वो चलती ट्रेन का छूट जाना हो या फिर मोटरसाइकिल से गिरकर चोट खाना हो। उनको लगता है जो हो रहा है अच्छे के लिए हो रहा है लेकिन दुनिया ऐसे चलती नहीं है। यहाँ प्रेम का स्थान सबसे निचले स्तर पर है, उसके ऊपर है समाज, धर्म, जाति, इज़्ज़त, प्रतिष्ठा, समाज के बनाए हुए रीति-रिवाज। एक दिन मुंशीजी की बहन रेणु के लिए एक विवाह प्रस्ताव लेकर आई, लड़का अमेरिका में सॉफ्टवेयर इंजीनियर था, माँ-बाप थे नहीं। एक तरीक़े से रेणु के भाग्य खुलने वाले थे लेकिन रेणु इसके लिए तैयार ही नहीं थी लेकिन घर के फ़ैसले पर सवाल करना उसे सिखाया ही नहीं गया या फिर उसने कभी उन्हें ग़लत समझा ही नहीं। लोग कहते हैं कि बड़े बूढ़ों के फ़ैसले पर ऊँगली नही उठाई जाती है उनका पालन किया जाता है। रेणु यह सदमा बर्दाश्त कर रही थी लेकिन विक्कू बाग़ी हो उठा, बाबा को बताया लेकिन बाबा इस रिश्ते के लिए तैयार ही नहीं थे उनका बोलना था कि रिश्ते बराबरी वालों के होते हैं मालिक और नौकर में नहीं। मुंशी जी उनके घर काम करते थे उनको क़द के बराबर कैसे बिठाया जा सकता था? मुंशीजी से बात की लेकिन वो ठहरे

थे पारम्परिक आदमी। उन्होंने साफ़-साफ़ मना कर दिया और मालिक से बिनती की छोटे ज़मींदार को समझाने के लिए। विक्कू का मोह संसार के नियमों से उठता जा रहा था लेकिन उसने एक अन्तिम कोशिश करने की सोची। दीया भी बुझने से पहले ख़ूब फड़फड़ाता है वैसे ही विक्कू सारे प्रयास करना चाहता था।

विक्कू ने मोटरसाइकिल उठाई और रेणु के घर के बाहर दो बार हॉर्न बजा दिया, रेणु को पता था उसे करना क्या था वह कुएँ के पास गई वहाँ विक्कू ने उसे एक चिट्ठी दी जिसमें लिखा था कि ये समाज हमें साथ रहने नहीं देगा लेकिन मुझे इस समाज की परवाह नहीं है मैं तुम्हारे बिना नहीं रह सकता तुम मेरे साथ आज रात को ही दिल्ली चलो। हम वहाँ अपना छोटा-सा घर बना लेंगे। रात को लाइट बन्द हुई रेणु छज्जे पर आई, नीचे विक्कू खड़ा उसका इन्तज़ार कर रहा था, रेणु ने एक चिट्ठी विक्कू के पास फेंक दी और कमरे में चली गई। विक्कू के सिर पर अब आसमान गिर गया था रेणु ने लिखा था कि वह जीवन सिर्फ़ अपनी इच्छाओं के मुताबिक़ नहीं जी सकती। मेरे माता-पिता का मुझ पर जीवनपर्यंत ऋण रहेगा अगर उनके लिए मुझे तुम्हें छोड़ना पड़ता है तो मैं पीछे नहीं हटूँगी। बेहतर यही है कि हम अब फिर ना मिले, मेरी विनती है तुमसे कि तुम मुझे आगे से मिलने की कोशिश मत करना।

अस्थि विसर्जन करने के बाद शास्त्री जी, मुखिया जी, विनय और रेणु गाँव के लिए वापिस चल दिये। शास्त्री जी और रेणु ने कोई बात नहीं की। शास्त्री जी के मन में सोया हुआ ज्वालामुखी फिर से उफान पर था लेकिन रेणु बहुत संकोच में थी। उस छज्जे वाली बात को 10 साल हो गए थे। रेणु जीवन में बहुत आगे

बढ़ गई थी लेकिन शास्त्री जी अभी तक वहीं थमे थे, सिर्फ़ साल गुज़र गए थे। सब लोग गाँव पहुँचे। शास्त्री जी ने अम्माजी के घर की चाभी विनय को दे दी और अपने कमरे चले गए।

अगले दिन विष्णु पुराण बैठा, विनय भले ही आ गया था लेकिन पंडितों का मत था कि सारी रस्में शास्त्री जी को ही निभानी चाहिएँ और विनय को इसमें कोई दिक़्क़त भी नहीं थी। धीरे-धीरे तेरहवाँ दिन आ गया, त्रयोदशी का दिन। बड़े धूमधाम से अम्माजी की त्रयोदशी हुई। हज़ारों की संख्या में लोग आमन्त्रित थे, आसपास के गाँव से कोई घर ऐसा नहीं था जो अम्माजी का अन्तिम प्रसाद ग्रहण करने न आया हो।

शास्त्री जी सुबह उठकर बैंक चले गए शाम को लौटकर आए तो देखा रेणु उनका उनके कमरे में इन्तज़ार कर रही थी। शास्त्री जी ने शिष्टाचारवश नमस्ते किया। रेणु ने तपाक से सवाल दागा कि कहाँ चले गए थे तुम विक्कू? तुम्हारे माता-पिता सब परेशान हैं! किसी को ख़बर ही नहीं कि तुम कहाँ हो। ज़मींदार चाचा अब बूढ़े हो गए उनको तुम्हारी ज़रूरत है। दरअसल विक्कू उस रात को गाँव छोड़कर चला गया था, महाविद्यालय से पहले बीएससी पास की फिर बैंक की क्लर्क की परीक्षा। विक्कू मेधावी तो था ही वह बहुत ही कम समय मे बैंक का मैनेजर बन गया, सुबह बैंक जाता शाम को लौट आता बस यही जीवन था विक्कू का, एक अम्माजी थी जो कभी-कभी विक्कू के पास आ जाती थीं हालचाल पूछने। रेणु जिस विक्कू को जानती थी वो विक्कू तो उस रात को ही मर गया था।

शास्त्री जी रेणु से नाराज़ थे कि समाज से या फिर हालात से ये तो ख़ुद शास्त्री जी जी भी नहीं जानते थे। लेकिन अम्माजी

जी दाह-संस्कार करने के बाद शास्त्री जी जी के हृदय में एक परिवर्तन आया था। उनकी अब जीवन के लिए तो नाराज़गी दूर हो गई थी। उनके मन मे रेणु के किए जितना भी ग़ुस्सा या फिर नाराज़गी थी सब पार्थिव लौ में जलकर भस्म हो गई थी। शास्त्री जी रेणु से माफ़ी माँगने लगे, रेणु कुछ समझ ही नहीं पाई कि शास्त्री जी फफक-फफककर रोने लगे। बोले, "मुझे माफ़ कर दो जो मैं तुमसे, बाबा से, माँ से इतने सालों से तक नाराज़ रहा।" रेणु भी रोने लगी, शास्त्री जी का इतने सालों का दर्द आँसू से धुल रहा था। शास्त्री जी अब स्थिर हो गए थे, रेणु अदरक वाली चाय बना लाई। शास्त्री जी चाय पिये तो लगा कि इतने सालों जो नहीं बदला है वह है रेणु के हाथ की चाय का स्वाद। इतने सालों में पहली बार शास्त्री जी को चैन की नींद आयी। सुबह रेणु और विनय अमेरिका के लिए निकल गये, शास्त्री जी जी अपने गाँव की ओर, बाबा और माँ के पास।

जीवन सही ग़लत से परे हैं, समय के अनुकूल न ढाला जाए तो जीवन शास्त्री जी बन जाता है और ज़रूरी नहीं कि हर किसी को एक अम्माजी मिल जाए।

# तुलसीदास

# तुलसीदास

◈ **उत्कर्ष वर्धन द्विवेदी**

मुँह में गुटखा और चिकने सिर पर सिल्की चुटिया लिये चले आ रहे थे—तुलसीदास। उनकी हर सुबह की शुरुआत विनोदी चच्चा के घर चाय पी कर हुआ करती थी।

विनोदी चच्चा पूरे गाँव के चाचा थे और हर राह चलते की 'पालागी' की उन्हें आदत-सी हो गई थी। विनोदी और तुलसी बहुत पुराने दोस्त थे। ये दोनों गाँव के एक कामचलाऊ सरकारी स्कूल के अध्यापक हुआ करते थे। अब रिटायरमेंट की मौज में थे।

तुलसी जी बेहद ही कंजूस बुज़ुर्ग थे। उनको अपनी सुन्दरता पर बड़ा नाज़ था। वे हर दिन चमचमाती हुई धोती पहना करते थे–एकदम सफ़ेद। ऊपर से उन्हें कुर्ते की ज़रूरत न पड़ती थी। हालाँकि विनोदी बाबू का तो धोतियों में भी विश्वास न था। वो तो बॉक्सरनुमा जाँघिये में ही घूमा करते थे। दोनों में एक चीज़

कॉमन थी–उनका विलक्षण सेंस ऑफ़ ह्यूमर, जिस पर गाँव की महिलाएँ न्योछावर हो जाया करती थीं।

दोनों पुराने चावल थे। इश्क़ उम्र से दो बार ज़्यादा ही हुआ होगा उन दोनों को पर अब तक कुँवारे थे। उनकी अभिलाषाएँ अब विवाहित थीं। दोनों की दोस्ती पूरे गाँव का परिचय थी। जो भी आए उस गाँव की तरफ़ सब यही पूछे—तुलसी-विनोदी चच्चा का गाँव यही है ?

एक-दूसरे के लिए न जाने कितने ही त्याग किए हुए थे। इन त्यागों में तुलसी जी का त्याग सर्वोत्तम था। बात यह थी कि बिनोदी बाबू की शादी कहीं हो ही नहीं रही थी क्योंकि घर में बीवी को फटी बिवाई देने के अलावा उनके पास कुछ नहीं था। जो कन्याएँ साथ आना चाहती थीं, वे विनोदी बाबू को पसन्द नहीं थीं। बहुत निराश हो गए थे वो। दूसरी ओर तुलसी जी का रोमांस तो ब्याह में परिवर्तित होने के दरवाज़े पर था। बस दरवाज़े पर उनकी महबूबा के बाप की बपौती थी। गाँव में शहर सा इश्क़ करते थे दोनों।

खेतों में राठा लेकर इशारे करना, नदी किनारे जाकर लहरों के जरिये इश्क़ लड़ाना, साइकिल की सामने वाली रॉड पर बैठा प्रेमिका को तुलसी जी को बुरका पहनाकर और पहनकर गाँवों के गाँव घूमना।

आशिक़ी जब बढ़ने लगती है, तब वो सोचना बन्द कर देती है। इसी चक्कर में तुलसी जी फँस गए। एक दिन साइकिल पर जब बुरका पहने वे घूम-घुमा रहे थे तब होने वाले ससुर जी ने उनका रास्ता काट लिया, जिसकी वजह से उनके प्रेम पर बाधा आ गई।

आशिक़ी मरती नहीं बस चिढ़ती है। जो इस बार हर बार की तरह पिताजी से चिढ़ गई थी। यहीं तक होता तो ठीक था। थोड़े ही दिनों में ख़बर आई कि फूलवती का विवाह गजोधर प्रसाद से होने वाला  है। ख़बर के साथ ख़त भी आया जिसमें तुलसी जी की फूलों को भगा ले जाने की प्लानिंग बिछी हुई थी। बस अब क्या था? तुलसी जुट गए राजेश खन्ना बनने में, जो वो वैसे भी फूलवती के प्यार में हुआ करते थे।

इसी दौरान एक दिन विनोदी बाबू बहुत दुखी हो गए। वे अपने अकेलेपन में डूबे हुए थे। इस अकेलेपन से बाहर निकालने के लिए तुलसी जी ने विनोदी बाबू को साथ लिया और पहुँच गए सिनेमाघर 'शोले' देखने। राजेश खन्ना ने जो उन दोनों का दिल दुखाया था उसकी दवा वे बच्चन में ढूँढ़ रहे थे।

सिनेमा हॉल से बाहर आकर दोनों जय-वीरु हो गए थे। वहाँ से निकलते ही दोनों सीधे पहुँचे ठेके पर और देशी ठर्रा गटककर भीष्म-प्रतिज्ञा ले ली कि वे कभी विवाह नहीं करेंगे। सिनेमा में बच्चन की मृत्यु ने फूलवती को भगा ले जाने वाली प्लानिंग पर पानी फेर दिया। ये प्रतिज्ञा अब तक विनोदी जी के सीने में गड़ी हुई और तुलसी जी के सीने में चुभी हुई है।

सालों पहले ख़बर आई थी कि गजोधर प्रसाद बेवड़े थे, पीकर फूलवती को पीटते थे, जिसकी वजह से फूलवती घर और आधा दर्जन बच्चे छोड़ कहीं भाग गई थीं। किसी को पता नहीं लग पाया कहाँ ?

ख़ैर, सवेरे की चाय बनाकर विनोदी चच्चा तुलसी की राह देख रहे थे। तुलसी जी पहुँच गए। आज मौसम में बदरी कोयले सी काली है। महीनों से जमा आँसुओं को रोने का मन है उनका।

तुलसी जी रिन साबुन से नहाया करते थे। उनका मानना था कि रिन अगर कपड़ों को सफ़ेदी दे सकता है तो वो वही सफ़ेदी

उनको भी दे सकता है। बहरहाल, सफ़ेदी का तो नहीं पता पर महक तो वो साबुन ज़रूर प्रदान करता था। हर सुबह तुलसी जी धुले हुए शर्ट से लगते थे।

चाय पर दोनों हर दिन की तरह आज भी वही पुराने क़िस्सों का रिवीजन कर रहे थे। पन्ने उलटते जा रहे थे और फिर एक बार फूलवती जी का पन्ना खुल गया। कुछ देर उस पन्ने पर ठहरने के बाद तुलसी जी जैसे ही उसे पलटने लगे, तभी सामने विनोदी जी के द्वार पर सफ़ेद बालों, उजले चेहरे वाली एक बुढ़िया खड़ी थी। जब तुलसी जी ने उसे ध्यान से देखा तो दिखा कि वो उनकी फूलो थी।

दरअसल, घर से निकलने के बाद फूलो जी को एक बार विनोदी जी ने नदी में विलीन होने की तैयारी करते हुए देख लिया था। समय रहते ही उन्होंने फूलवती जी को रोक लिया और कुछ समझा-बुझाकर पड़ोसी गाँव के हनुमान मंदिर में अपने पुजारी दोस्त की विधवा के यहाँ ठहरवा दिया था। विनोदी जी ने उनसे जल्द ही तुलसी-मिलन का बन्दोबस्त करने का वादा किया था। आज ही वो दिन था।

आशिक़ी अब खीझकर वापस आनन्दित होने वाली थी। विनोदी चच्चा ने इस प्रकार अपने सीने में गड़ी हुई यादों को बाहर खींच लिया और तुलसी जी के सीने की चुभन ख़त्म कर दी। भीष्म-प्रतिज्ञा अब अमर हो चुकी थी। तुलसी जी ने एक बार मुड़कर विनोदी बाबू को रुककर देखा फिर बादल और वे, दोनों एक साथ रोने लगे।

# कहानी आपकी

# कहानी आपकी

# कहानी आपकी

कहानी आपकी

# कहानी आपकी